2020 신춘문예
희곡 당선 작품집

2020 신춘문예 희곡 당선 작품집

초판 1쇄 발행 2020년 2월 7일
초판 2쇄 발행 2020년 11월 30일

지은이 김미령, 조지민, 정승애, 연지아, 김지우, 김준현, 임지수, 이홍도
펴낸이 박성복
펴낸곳 도서출판 월인
주소 01047 서울특별시 강북구 노해로25길 61
등록 1998년 5월 4일 제6-0364호
전화 (02) 912-5000
팩스 (02) 900-5036
홈페이지 www.worin.net
전자우편 worinnet@hanmail.net

ⓒ 김미령, 조지민, 정승애, 연지아, 김지우, 김준현, 임지수, 이홍도, 2020

ISBN 978-89-8477-679-1 03810

값은 뒤표지에 있습니다.

2020 신춘문예
희곡 당선 작품집

도서
출판 **월인**

차 례

경상일보 희곡 부문 당선작

옷장 속 남자

■

김미령

1998년 강원도 강릉 출생
명지전문대학 문예창작과 2학년 재학 중

등장인물

김   26세 여성. 콜센터 직원

노인   나이 불명 남성. 고집이 센 인물

주인   중년 여성

이웃   1, 2

고객   (목소리)

때

현대, 장마철

장소

반 지하 원룸

무대

반 지하 원룸. 김의 방과 부엌 사이에 문 있고 부엌 옆에 출입문 있다. 김의 방 벽에는 사람이 들어갈 수 있는 거대한 구멍이 있고 그 앞은 옷장이다.

무대 밝아지고 장대비 소리가 들린다.

이 집의 창문은 천장에 반쯤 걸려있는 듯하다.

빗물이 그 사이로 새어 들어온다.

부엌에 서 있는 김은 식탁을 닦다가 천장 앞에 가서 선다.

발을 동동 구르는 김.

김   아씨…. 또 시작이야.

바가지를 들고 와서 물이 뚝뚝 떨어지는 곳에 놓는다.

김   다른 곳보다 10만 원이나 싸서 왔는데. 반지하가 이래서 안 좋다는 거구나.

투덜거리듯 내뱉는 김. 벨소리가 울리고 전화를 받는다.

김   아. 예. 아줌마. 어…. 월급이 아마 내일모레쯤 들어올 것 같은데요. 돈 들어오면 바로 드릴게요. 네…. 월세 자꾸 밀려서 죄송해요. 앞으로는 제때 낼게요. 네. 네. 감사합니다. (전화를 끊고 한숨을 내쉬며) 에휴. 이놈의 돈….

김은 휴대폰을 내려놓고 식탁 위를 다시 닦는다. 오른편에 놓인 사과 한 개를 본다.

김   (사과 하나를 들어올리며) 어. 이상하다. 분명 두 개였는데….

사과 한 입을 베어 문다. 고개를 갸웃거린다.

그때 방 안에서 쿵. 하는 소리가 들린다.

김   (놀라며) …? 뭐지? (천천히 방으로 다가가며) 거기 누구 있어요?

또 한 번 쿵. 방문 앞에 서 있던 김은 놀라 뒷걸음친다.
다시 정적. 김은 천천히 옷장 앞으로 다가간다.
살짝 벌어진 문틈 사이를 들여다본다. 무언가를 발견한 듯이 고개를 뒤로
뺀다.
그대로 뒷걸음쳐 방 안을 나온다.

김   (떨리는 목소리로) 저기요.
        (사이)
김   거기 누구 있어요?
        (사이)
김   (숨을 한 번 고르고) 사람이라면 대답해줘요. 없던 일로 해줄 테니
        까…!
        (사이)

방 안을 기웃거리는 김. 빗줄기 소리는 점점 거세진다.
자정을 알리는 괘종시계 소리가 들린다.
김은 스피커 앞으로 가서 버튼을 누른다.
클래식 음악이 켜진다. 소리를 키운다.

김   (중얼거리며) 귀신일까? 아닐 거야…. 주인아줌마한테 얘기해볼
        까? 도저히 이런 곳에서는 못 살겠는데…. (생각이 바뀐 듯) 아니
        야. 사람이 아닌 게 다행일지도 몰라. 아직 계약도 한참 남았

고. 어떻게 구한 방인데…. 설마 죽기라도 하겠어? 귀신에 홀려 죽었다는 말은 들어봤어도, 직접 죽였다는 건 들어보지 못했어. 그래. (결심한 듯) 일단 가만히 있어보자.

조명이 꺼지고 빗소리가 잦아든다.
불이 다시 켜지고 부엌 식탁에 앉아있는 김.
노트북을 열고 마이크가 장착된 헤드셋을 끼고 있다.

김   (웃으며) 사랑합니다. 고객님. 무엇을 도와드릴까요?

고객   아니. 어제 주문을 했는데 왜 안 오는 거여?

김   유감입니다. 고객님. 배송에 문제를 겪고 계시군요. 제가 조회해드리겠습니다.

고객   (말을 끊으며) 유감이고 자시고 빨리 해줘.

김   고객님 죄송하지만, 주문하신 제품은 출고일 기준 약 2일 정도 소요되실 걸로 예상하고요. 당일 출고되는 제품이라도 적어도 이틀은 기다리셔야 해요.

고객   아니. 누가 몰라? 아는데 빨리 좀 달란 말 아니여?

김   아 네. 고객님. 기대에 맞추려 노력하겠습니다.

고객   이봐. 몇 살이야?

김   (당황한 듯이) 네?

고객   아니…. 이상하게 방금 말투가 좀 그랬단 말이지….

김   … 불편하게 들리셨다면 죄송합니다.

고객   (찝찝한 듯이) 빨리 보내기나 혀.

김   네. 고객님. 출고되는 대로 신속히 연락드리겠습니다. (전화를 끊고) 휴…. (시계를 보며) 벌써 시간이 다 됐네.

노트북을 닫고 쓰레기봉투를 들고 나간다.

문 앞에 중년 여성 두 명이 수다를 떨고 있다.

김은 둘을 본다.

이웃 1 어머. 그랬단 말이야? 세상에. 무서워서 어찌 살아.

이웃 2 그렇다니까! 내가 그 할배 얼굴을 봤는데…. (김을 발견한 듯 눈치를 보며) 속닥속닥….

이웃 1 아니. 집에서 실종되면 어떻게 찾는 거야?

이웃 2 쉿…!

이웃 1 (김을 발견한 듯이) 아. (애써 웃으며) 학생. 이 집 살아?

김 (상황을 파악한 듯이) 네.

이웃 1 맞다. 빨래 돌리는 걸 까먹었네.

급한 듯 자리를 뜨는 이웃 1, 2

그 모습을 보던 김은 고개를 갸웃거리다 문을 열고 들어온다.

김의 집엔 노인이 서 있다.

김 (놀라며) 누구세요?

노인 (냉장고 문을 연다) ….

김 저기요!

노인 (김을 보며) 응?

김 누구신데 여기 있어요?

노인 (무심하게 다시 냉장고로 시선을 돌린다)

김 저기요. 제 말 안 들리시냐고요.

노인 아무 말 안 하자, 김은 앞으로 다가가 냉장고 문을 잡은 노인 손을

12

낚아챈다.

노인   뭐야?

김   왜 허락도 없이 남의 집에 들어오세요?

노인   여기가 자네 집이라고?

김   (어이없다는 듯) 당연하죠.

노인   여기 우리 집인데?

김   네?

김. 헛웃음 친다. 잠시 식탁을 쳐다본다.

김   (식탁 위 사과를 가리키며) 설마 저기 있던 사과. 할아버지가 드셨어요?

노인   (헛기침을 한다) 흠….

김   (노인을 밀어내며) 나가세요. 당장 안 나가면 신고할 거예요.

노인   (일어서며) 젊은 친구가 보자보자 하니까…. 여기 우리 집이야.

김   말이 되는 소릴 하세요.

노인   진짜라니까? (주머니를 뒤적여 종이를 꺼낸다) 여기.

김   (종이를 받아들며) 뭐야…. 집문서? 설마. (자세히 들여다보다가) 할아버지. (종이를 흔들며) 이거 작년까지잖아요.

노인   (딴청 피우며) 음….

김   이전에 살던 분이신 거죠? 죄송한데 지금은 저희 집이에요.

노인   그려. 근데 우리 집인 것도 맞지.

김   할아버지.

노인   그냥 여기 살면 안 돼? 사과 먹은 건 미안하고. 나 꼼짝도 안 하고 있을게…! 자네 잘 때는 조용히 하고, 음식은 나 알아서 해먹고…

김   억지 부리지 마세요.

노인   ….

김   ….

노인   그냥 살게 해줘.

김   안 된다니까요.

노인   젊은 처녀가 왜 이리 속이 좁아?

김   그게 나이랑 무슨 상관인데요?

노인   한 일주일만….

김   안 돼요.

노인   그럼 5일만….

김   말이 되는 소릴 하세요.

노인   3일?

김   안 돼요.

노인   치….

전화벨 소리

김   (전화를 받으며) 아. 네. 네. 팀장님. 네. 아…. 지금요? 네. 아. 아
         무 일 없어요. 가능해요. 네. 지금 들어갈게요. (전화를 끊고 노인
         을 바라본다) 저기요. 저 일해야 되니까 조용히 해야 돼요.

노인은 고개를 끄덕인다.
김은 식탁 앞에 앉아 헤드셋을 낀다. 노인, 부엌에서 움직인다.
김의 뒤로 몰래 찬장을 열고 과자를 꺼낸다.

14

노인	(부스럭)
김	(노인을 쳐다보며) ?
노인	하던 일 혀.
김	(한숨을 내쉬며) 하…. 아. 네. 고객님. 네. 네.

김, 노트북을 닫는다. 옆에 놓인 세금 고지서를 들춘다.
언제 다 내지. 중얼거린다.
노인은 부엌 안쪽에 쭈그려 앉아있다.

노인	(노트북을 가리키며) 그거, 뭐하는 일인가?
김	고객 상담이요.
노인	돈 많이 주나?
김	그냥 그래요. 재택근무예요.
노인	재택근무?
김	집에서 하는 일이요
노인	왜 답답허게 집에서 일해? 나가서 바깥 공기도 좀 쐬고 사람들도 만나여지.
김	저는 그런 거 별로 안 좋아해요.
노인	어째서? 젊은이가 그러기 쉽지 않은데….
김	그럴 만한 이유가 있어요.
노인	크흠….
김	왜 그러세요?
노인	궁금해서.
김	굳이 말해야 하나요?
노인	그건 아니고. (생각하다가) 자넨 남자친구 없나? 그 나이 땐 남자친구랑 데이트도 해야지. 뭐. 그래. 놀이 동산인가? 그런 곳 가

서 놀아보기도 하고.

김 　죽었어요.

노인 　흠….

김 　물어보지 마세요.

노인 　유감이군.

잠시 정적.
빗소리가 커진다.
김은 창문을 본다.

김 　오늘은 비가 이렇게 내리니 재워드릴게요. 대신 내일 아침엔
　　나가셔야 해요. 안 그럼 돈 받을 거예요.

노인 　이봐. 난 돈을 벌 수가 없어.

김 　버시면 되잖아요.

노인 　무슨 수로?

김 　서울역 한번 가보세요. 앉아만 있어도 돈 벌 거예요. 거기 유동
　　인구가 얼마나 많은데요. 돈 많이 버실 거예요. 노숙자들은 대
　　낮부터 술판 벌이던데요. 다들 코가 시뻘게요. 거기서 친구도
　　사귀고 외롭진 않겠네요. 일석이조 아니에요?

노인 　너무 덥고 찝찝해. 겨울엔 추워서 어찌 살아.

김 　돈이 없으면 어쩔 수 없죠.

노인 　….

김 　어쩔 수 없죠.

노인 　돈이 없으면…

김 　못 살죠.

잠시 정적.

김   엘에이 어떠세요?

노인   에레이?

김   미국이요.

노인   들어본 것 같기두 하고….

김   거긴 겨울에도 평균 기온이 20도래요. 얼어 죽을 일도 없겠네요. 그리고 뭐더라…. 법이 바뀌어서 제재도 없다던데요?

노인   난 한 번도 비행기 타본 적 없어.

김   돈 모아서 타세요.

노인   그…. 여…. 뭐시기 여권이라든가…. 아무튼 그것도 없고….

김   만들면 되잖아요.

노인   복잡혀. 어디 도와줄 사람도 없고…. 그리고 거긴 약쟁이들 밖에 없을 거 같애. 차라리 서울역에 가고 말지.

김   그럼 가세요.

노인   (말 돌리며) 음…. 이 종이는 뭔가?

김   건들지 마세요. 세금 고지서예요.

노인   (종이를 들여다보며) 이거라도 내줄까?

김   무슨 수로요? (방 앞으로 걸어가며) 저 피곤하니까 잘 거예요. 절대 방 안으로 들어오지 마세요.

김, 방문을 닫는다.
노인은 그 앞을 서성이다 부엌으로 온다.
구석에 쪼그려 앉아있다, 다시 일어서 찬장을 연다.
통조림 두 개를 챙겨 하나는 옷 안에 집어넣고 하나는 따서 먹는다.
불이 꺼진다.

불이 켜지고, 노인은 부엌 바닥에 누워서 자고 있다.

전화벨 소리가 울린다. 김은 잠에서 깨고, 전화를 받는다.

주인 학생. 월세 아직 멀었어?

김   아 네···. (잠시 생각하고) 오후 중으로 낼게요. 네. 네. 죄송해요.
      자꾸 밀려서··· (전화를 끊고 다시 어딘가로 전화한다) 어. 엄마···. 나
      저기···. 돈이···. 좀 부족해서···. 어···. 엄마 힘든 거 아는데···.
      이번 달은 돈 못 보낼 거 같아···. 응···. 아빠는 좀 괜찮아? 미안
      해···.

      김은 한숨을 쉰 후 방문을 열고 나온다.

김   (노인을 발견하며) 이봐요!

노인 으음···?

김   왜 안 나가고 아직도 있어요? (식탁 위 다 먹은 통조림 캔을 발견한
      다) 이건 또 뭐야.

노인 흠.

김   (노인을 밀어내며) 당장 나가세요.

노인 돈이 부족한가?

김   무슨 상관이세요.

노인 아니 방금 전화하는 거 좀 들었는데···.

김   할아버지는 참견하지 마세요.

노인 내가 도와줄게.

김   (택도 없는 소리라는 듯) 허!

노인 (김 앞에 서며) 낮엔 내가 돈을 벌게. 대신 잠만 재워줘.

김   월세 절반 내시게요?

18

노인 그건 좀….

김 돈 어떻게 버시게요?

노인 나 같은 늙은이들은 가만히 앉아만 있어도 돈이 들어와.

김 그럼 처음부터 엘에이 가서 사시라니까요?

노인 (화를 내며) 아니…. 그냥 살게 해달라는 건데 왜 이리 차갑게 굴어? 그게 그렇게 어려워?

김 네.

노인 쳇….

김, 통조림을 버리고 싱크대에서 밀린 설거지를 하려고 한다.

노인. 그 모습 지켜보다 김을 툭툭 친다.

김 ?

노인 내가 자네 신고할 거야.

김 네?

노인 우리 집인데 자꾸 나가라고 하잖아.

김 (웃으며) 할아버지. 뭔가 단단히 잘못 아시는 거 같은데. 여긴 저희 집이에요.

노인 누가 몰라? 근데 우리 집인 것도 맞지.

김 집이었었! 던 거잖아요. 지금 우리 집인 거랑, 집이었었던 거랑 어떻게 같아요?

노인 몰라. 그냥 우리 집이야.

뚝뚝. (천장에서 물 떨어지는 소리)

김 아…. 또 저러네. (수건을 가지고 와서 놓는다)

노인	내가 살았을 땐 안 그랬는데…. 쯧
김	비가 많이 오나 보죠. 반지하는 원래 이러던 걸요.
노인	왜 굳이 여기 왔나?
김	(당연한 듯이) 저렴하니까요. 서울 집값이 얼마나 비싼데요. 보증금도 천은 기본, 살만한 데 찾으려면 오십은 돼야 해요. 한 달 오십만 원이 누구 집 개 이름이냐고요. 한 달 월급 받으면 월세로 다 나가요.
노인	그 뭐더라…. 고…. 고시. 거긴 어떤가?
김	고시원이요?
노인	그래. 그거.
김	고시원 살아봤어요. 스무 살 때요. 대학 입시 망치고 노량진에서 공부해보겠다고 용기 좋게 혼자 산 적 있었죠.
노인	거기는 어떤가? 더 말해주게.
김	거긴 살만한 곳이 아니에요. 두 다리를 뻗으면 공간이 끝인데요. 말 그대로 잠만 자는 거예요. 어느 날엔 누워있는 제 모습이 마치 시체 같았어요.
노인	나 젊을 때는 그런 곳에서 잘만 살았어.
김	할아버지 때랑 저희는 다르죠.
노인	그 뭐더라…. 나 탑골 공원서 지냈을 때. 그쪽에서 불이 났어. 거기두 고시원이라던가…. 7명이 죽었다던데.
김	아. 저도 알아요. 안타깝더라고요. 누구지. 어떤 청년은 창문이 없어서 대피하지 못했대요. 안타까웠어요.
노인	자네도 창문 없는 방에 살았나?
김	처음엔 창문 없는 방이었어요. 40만 원짜리 방이었거든요. 하룻밤 자고 일어났더니 목이 막히고 눈이 맵더라고요. 환기가 안 돼서 그런가? 빛이 안 들어오니까 시간 개념이 없었어요. 눈

을 뜨니 오후 두 시인 거 있죠. 진짜 관 속에 갇힌 기분이었어요. 아무리 생각해도 이건 아닌 것 같아서 5만 원 더 내고 방을 옮겼어요.

노인 음. 5만 원 더 내면 창문이 있나?

김 네.

노인 그 청년도 5만 원만 더 있었더라면….

김 그러게요. (거센 빗소리를 듣고) 비가 계속 오네요. 여름인데 왜 이렇게 추워….

김은 보일러 앞에 간다.
버튼을 누르지만 불이 켜지지 않는다.
김은 반복해서 누른다. 켜지지 않자 작게 욕을 지껄인다.
이불 하나를 가져와 몸을 감싼다.

김 춥다.

노인 (김을 본다) ….

전화벨소리

김 어. 엄마…. 방금 말했잖아…. 나 돈 없다고. (한숨을 쉬고) 월세도 밀렸어. 아무래도 전기도 끊길 거 같아. 어. 알아…. 왜 화를 내? 엄마도 알잖아. 나 힘들게 사는 거. 아니. (잠시 화를 삭이는 듯) 아빠 아픈데 엄마가 한 게 뭐가 있어? 보험금 타서 아빠한테 안 쓰고 몰래 쓴 거 누가 모를 줄 알아?

노인 ….

김 알았어. 그만해. 화내서 미안해. 아빠 잘 지키고. 응. 다음에 전

화해. 끊어. (전화를 끊는다)

김은 휴대폰을 신경질적으로 던진다. 답답한 듯 머리를 쓸어올린다.
김은 눈물을 닦는다.
노인은 슬금슬금 걸어와 김 옆에 선다.

노인	아버지가 아픈가?
김	신경 쓰지 마세요.
노인	무슨 병이라도 걸린가부지?
김	관심 끄세요.
노인	내 와이프도 병으로 죽었어.
김	(노인을 힐끔 본다)
노인	췌장암이라든가…. 말기였어.
김	…. 저희 아빠도예요.
노인	흠. 곧 죽겠구먼.
김	뭐라고요?
노인	별 수가 없겠어. 마음의 준비 단단히 하는 게 좋을 거여.
김	그런 저주할 거면 나가세요.
노인	아이. 진짜라니까?
김	(밀어내며) 오늘은 진짜 나가세요. 신고를 하든 말든 어차피 제가 이길 테니까.
노인	(회상하듯) 난 아직도 그날을 잊을 수 없네. 내 아내를 떠나보낸 날을….
김	….
노인	(생각에 잠긴다)
김	죽었을 때 어땠어요?

노인   하하하….

김   하하하.

실소를 터뜨리는 김과 노인.

노인   아마 십 년 전이던가…. 아내를 보내고 나서는…. 집 밖에 단 한 발자국도 나가지 않았어. 도저히 그럴 수가 없었네. 이 집엔 향이 이렇게 새록새록 묻어져 있는데….

김   옛날이야기잖아요.

노인   (무시하며) 결혼을 했던 순간엔 온 세상을 다 가진 것 같았네. 비록 신혼 집 하나 마련할 수 없었지만…. 집을 얻기 위해 둘이서 시장에서 열심히 물건을 팔고…. 아무 생각 없이 돈만 벌었네. 그렇게 어렵게 구했네….

김   (말없이 듣는다)

노인   췌장암…. 암이라는 건 정말 무서운 병일세. 어느 날 허리가 아프다며 병원에 데려다 달라 했는데. 가서 보니 이미 뼈까지 퍼져있었군. 이후로는 잘 기억이 안 나네…. 매일 바쁘고. 두렵고…. 아픈 사람을 옆에 두는 건 매일이 지옥이야….

김   (관심 없는 척) 엄마가 알아서 하겠죠. 저는 돈만 벌었어요.

노인   쯧…. 있을 때 잘혀.

김   (말 돌리며) 이 집에서 몇 년 사셨어요?

노인   십 년 정도?

김   반지하에 오래 살면 안 좋지 않나요.

노인   (고개를 저으며) 잘 모르겠던데.

김   그래요?

노인   암, 같이 있는 자체가 행복했어. 같이 먹고 씻고 누울 곳이 있다는 게 어디일세. 비록 겨울엔 보일러가 안 돌아가 춥고, 비 오는 날엔 축축했구…. 그래도 함께라서 좋았네.

김　　돈이 정말 없으셨나 보네요.

노인　(당연한 듯 끄덕이며) 그렇지.

김　　돈이 뭘까요.

노인　…. 돈은 벌어두 아무 짝에도 소용없어….

김　　잘 모르겠네요.

노인　돈을 모은다는 게 제일 신기한 일일세.

김　　그건 동의해요.

노인　….

김　　벌면 벌수록 어딘가로 빠져나가요. 전 분명 스무 살 때부터 나중엔 꼭 이렇게 살아야지. 하는 야망으로 살았거든요. 수능이 끝나자마자 아르바이트를 시작한 거 같고요. 비록 스무 살 땐 재수 때문에 돈이 나갔다고 해도, 대학교 다니면서도 성실히 지낸 거 같은데, 잘 모르겠어요. 내 집이라도 마련할 수 있을 줄 알았는데, 택도 없는 소리. 서울은 왜 이렇게 집값이 비싸요?

노인　집값이 오르니께.

김　　그건 저도 알죠. 그래도 이건 좀 너무하네요.

노인　너무하긴 하지.

김　　…. 그리고 아빠가 아프니까….

노인　병원비가 말도 못해…. 내 아내도 그렇게 죽었네…. 뭐 이미 말기라 시한부였지만. 그래도 치료를 받았더라면 얼굴 조금 더 볼 수 있었을 텐데….

김　　…. 안 추우세요?

노인　난 별루…. 이 점퍼가 따뜻해. 저 지하도에서 주웠어.

김	냄새 안 나요?
노인	거기 사는 한 친구가 입던 거 같어.
김	…. 그 사람은 이 비오는 날 겉옷도 없이…. 안쓰럽네요.
노인	내 잘못 아니여.
김	누가 뭐래요.
노인	(말 돌리며) 자네 남자친구가 죽었다고 하지 않나?
김	네.
노인	한번 말해보세. 나도 아내 이야기를 했잖아. 자네 이야기가 궁금하네.
김	전 해달라고 한 적도 없는데요.
노인	어차피 집에 있음 할 것도 없지 않나?
김	…. 그래요.
노인	(궁금한 듯 눈을 밝힌다)
김	어릴 때부터 가난했대요. 사람은 진짜 착하고 순했거든요…. 제가 슬퍼서 울고 있을 때면 꽃을 선물해주고, 온종일 걱정하고…. 지나 챙기지…. 자기 힘든 것도 모르고 제가 안쓰럽대요. 저는 걔가 안쓰러운데 말이죠. 서로 안쓰러워했어요. 웃기죠?
노인	좀 웃기네.
김	아래로 동생이 둘이었어요. 책임지고 살았거든요. 성인이 된 이후부턴 그게 너무 버거웠나 봐요. 힘들어하다 보니 저한테 대하는 것도 달라지더라고요,
노인	….
김	권태기였나 봐요. 함께 이겨냈어야 했는데. 서로 지쳐서 피하기만 했어요. (웃으며) 그러지 말았어야 했는데. 힘들어도 서로 풀 건 풀었어야 했는데. 그래서 헤어졌어요.
노인	몇 년 사귀었나?

김   4년이요.

노인   오래 만났군….

김   그렇게 서로 다른 지역에 살기도 했고…. 각자 바쁜 삶을 살고
       있었어요. 걔에 대해 아무런 소식이 들리지 않았어요. 처음엔
       무소식이 희소식인가 했는데….

노인   ….

김   헤어지고 처음 온 연락이 그거네요.

노인   안타깝군.

정적, 빗소리 들리고 김과 노인은 창문을 본다.

노인   올해 장마가 꽤 긴가 봐….

김   ….

노인   ….

김   오늘 밤까지 만이에요. 앞으로 더는 안 돼요.

노인   낼모레까지만 안 될까…?

김   안 돼요. 그렇다고 가만히 계시는 것도 아니잖아요.

노인   정말로 낮에는 돈을 벌어올게…!

김   월세 나눠 내시면요.

노인   그건….

김   솔직히 월세를 나눠 낸다 해도 할아버지랑 제가 왜 같이 살아
       야 해요?

노인   그야….

김   저는 자취하려고 이 방 얻은 거예요. 혼자 살려고요. 근데 왜
       친구도 아닌 쌩판 모르는 할배랑 살아야 하냐고요?

노인   말이 좀 심한 거 아녀?

26

김   몰라요. 그냥 내일 아침엔 나가세요.

노인   몰라!

노인 제멋대로 김의 방에 들어간다.

김, 그런 노인 쫓아간다.

김   (어깨를 잡으며) 어딜 마음대로 들어가세요!

노인   (돌아보며) 이거 안 놔?

김   더는 안 되겠네요. 주인한테 말할 거예요.

노인   불러와봐! 자네가 이기는지 내가 이기는지 보자!

주인, 등장한다.

주인   무슨 일이에요?

김   아줌마. 이 할아버지가 자꾸…!

주인   (놀란 듯) 어머. 누구세요? (가까이 가서 얼굴을 자세히 보며) 어? 할
       아버지?

노인   이봐…! 여기 우리 집인 거 맞지?

주인   할아버지. 계약 끝난 지가 언젠데요.

노인   여기 살게 해준다고 하지 않았나?

주인   (말도 안 된다는 듯) 무슨 소리예요…. 맞다. 학생. 월세는?

김   저….

주인   학생. 자꾸 그러면 곤란해?

김   죄송해요…. 하지만 며칠만 더….

주인   넘어가는 것도 몇 번째야. 학생, 자꾸 이러면 나도 수를 쓰는
       수밖에 없어.

김	제가 사정이 조금 그래서…. 며칠만 봐주세요. 이번만요.
주인	휴.
김	조용히 살게요. 그러니까 조금만 더 살게 해주세요.
노인	(끼어들며) 나도 조용히 살 테니까 여기서 살게 해줘.
김	조용히 하세요!
주인	학생, 월세를 못 내는 것도 모자라서 할아버지도 끌어들이고 말야.
김	저분은 혼자 들어온 거…
주인	(말을 가로채며) 학생이 단호하게 했으면 충분히 내쫓고도 남았어.
노인	내가 이 집에서 몇 년을 살았는데…! 전 주인 한 번 데려와 봐. 걔가 자세히 알아.
주인	이전 주인이요? 돌아가신 거 모르고 계셨어요?
노인	뭣이?
주인	그 할아버지 말하시는 거죠? 그분 얼마 전에 돌아가셨어요. 암 이라던가…
노인	(잠시 벙찐 듯) ….
김	저기요. 여기서 결판 짓죠. 둘 중 누가 나가나 봐요.
노인	그래. 뭘로 싸울 건가?
김	정정당당한 방법으로 해야죠. 일단 저희 집이고, 할아버지가 이렇게 고집 부리면 제가 나가는 수밖에 없네요. 전기가 끊기든 뭐든 월세든 뭐든 아무것도 안 내고 나가면 어떻게 되는지 보세요.
노인	그건….
김	아주머니가 결정해주세요. 저희 집인 건 사실인데 집주인이 확실하게 해주셔야죠.

노인	(대답을 기다리는 듯 주인을 본다)
주인	…. (귀찮은 듯) 나는 몰라. 둘이 일단 알아서 해요.
김	네?
노인	자네 나랑 오붓하게 얘기해보자고.
김	아니. 아주머니. 집 주인은 아주머니고, 지금 이 집에 세입자로 들어온 건 당연히 저 아니에요?
주인	어머. 시간이 이렇게…. 나가봐야겠다.
김	아니 아줌마…!
주인	학생은 월세 안 내면 전기도 끊어버릴 거야.

주인, 뒤도 안 돌아보고 나간다.
주인을 쫓아가려는 김.
문 닫히고, 가만히 서 있다.

전화벨소리

김	어…. 엄마. (잠시 멈추고) 왜. 왜 울어? 뭐야…. 무슨 일인데. 불안하게…. 그만 좀 울어…. 뭐…? 그게 왜 오늘…. 나 지금 차비도 없는데….

전화기를 든 채 눈물만 흘리는 김. 노인, 말없이 그 모습 본다.
전화는 끊기고, 쭈그려 앉아 우는 김. 울음소리 커지고 빗소리 고조된다.
노인, 말을 꺼내려다 말고 점점 물러선다.
무대 밖으로 나간다.
불이 꺼진다.

다시 불이 켜진다.

새가 지저귀는 소리가 들린다.

침대에 누워있는 김. 일어난다.

주위를 둘러본다. 부엌에 나가본다. 아무도 없는 걸 알아챈다.

김   저기요.

(사이)

김   누구 없어요?

(사이)

김   할아버지?

(사이)

김   정말 나갔나 보네….

(사이)

김   아무도 없네….

김, 부엌을 천천히 둘러보다 방 안으로 들어간다.

옷장 문을 열어본다.

김   여기도 없네….

김, 옷장 안으로 들어간다.

옷장 문이 닫힌다.

무대 어두워진다.

무대 다시 밝아진다.

비가 내린다.

주인. 우산을 들고 김의 집 앞으로 간다.

주인   아우⋯. 이놈의 비는 맨날 와⋯. (문을 두드리며) 학생! 학생!
         (사이)

주인   뭐야. 아무도 없나? (다시 두드리며) 할아버지! 학생!
         (사이)

주인   죽었나? (두드리며) 학생! 월세 어떻게 되는 거야!
         (사이)

주인, 주머니를 뒤져 열쇠를 꺼낸다.
문을 열고 들어온다.
부엌에도 방에도 아무도 없는 것을 확인한다.
이상하다⋯. 중얼거린다.

주인   여기 학생하고 할아버지 본 사람 없어요?!

소리치지만 아무도 대답이 없다.

"좁은 방에서 배운 외로움은 글쓰기의 자양분"

인간이 거주하는 공간은 감정에 적나라한 영향을 끼칩니다.

문예창작과 입시를 위해 용기 좋게 짐 가방을 메고 서울로 왔던 스무 살이 떠오릅니다. 그 추운 겨울 날 홀로 걸었던 낯선 풍경이 아직도 생경합니다.

저는 비좁은 곳부터 다양한 곳에서 거주했습니다. 아직도 제 방에 누워있으면 고립된 듯한 느낌이 듭니다. 하지만 이 외로움을 사랑하여 앞으로 더 좋은 글쓰기에 매진하겠습니다.

제가 가장 무너졌을 때 옆에 있어준 하나뿐인 문예창작과 친구들과 학창시절 친구들에게 고맙습니다. 또한 열심히 지도해주신 전성희 교수님을 비롯하여 저희 과 교수님들에게 감사합니다. 부족한 글 소중히 봐주신 심사위원 분들께도 감사합니다.

마지막으로 가장 사랑하는 가족들에게 죄송했었고 감사합니다. 불완전한 저를 완전하게 만들어주서서 감사합니다. 이제부터가 시작이라고 생각합니다. 좋은 기회 만들어주서서 감사하고 발판 삼아 더욱이 나아가겠습니다.

"경제 양극화·노인문제 등 다룬 동시대성 돋보여"

예심을 거쳐서 후보로 올라온 작품들은 총 열 편이었다. 다양한 색깔의 작품들이었다. 각각의 작품들이 모두 개성과 상상력 등이 뛰어나서인지 읽는 이로 하여금 매우 집중하게 만들었다. 잠시도 쉬지 않고 열 편을 한 번에 읽었을 정도였다.

그중에서 단 한 편을 고른다는 부담감을 안고 나름대로 심사의 기준을 만들었다. 소재의 참신함, 동시대성을 지닌 주제 의식, 대사 구사력, 구성력, 공연을 염두에 둔 무대화의 가능성 등이 그것이었다. 그리고 그러한 과정을 거쳐서 일단 '옷장 속 남자'와 '미노타와 센토를 찾아서' 두 편을 골랐다. 다른 작품들에 비해서 상대적으로 심사기준을 만족시킨 작품들이었다. 그중에서 심사숙고 끝에 '옷장 속 남자'를 당선작으로 선정하였다. '미노타와 센토를 찾아서'도 좋은 작품이었으나 사무엘 베케트의 '고도를 기다리며'와 여러 면에서 유사한 인상을 받았다. 차기 작품을 기다리는 것으로 아쉬움을 달래야 했다.

'옷장 속 남자'는 현 시대에 크게 문제가 되고 있는 경제 양극화, 그리고 그로 인해 회복할 수 없는 위치로 전락하는 사람들의 이야기를 다루고 있다. 동시대성이 돋보인다. 또한 경제적인 어려움과 함께 고독한 처지에서 탈출하지 못하는 노인들의 문제도 함께 부각시키고 있다. 그리고 유효적절한 말만을 선택하는 대사 구사력과 관객들을 몰입시키는 구성력 또한 느껴졌다. 차기 작품이 기대되지 않을 수 없다.

심사위원 채승훈(수원대학교 교수)

동아일보 희곡 부문 당선작

선인장 키우기

■

조지민

1994년 부산 출생
중앙대학교 문예창작학과 재학

등장인물

준희, 김, 선생, 경비, 남자, 스쿠아

때

늦봄에서 초여름

무대

어느 고등학교. 교실이기도 하고 복도와 옥상이 되기도 한다. 후면의 벽은
영상을 비춰보는 스크린이 된다.

1장

명전. 준희, 관객들을 향해 서 있다.

준희   사람들은 저를 코피노라고 부릅니다. 코리안과 필리피노의
        합성어, 한국 남성과 필리핀 여성 사이에서 태어난 자녀를 이
        르는 말이죠. 그런 말은 누가 만들었을까요? (사이) 그래서 저
        는 언제나 코피노였습니다. 제가 정한 것도 아닌데 말이죠.
        많이들 궁금해 하시겠지만, 아빠에 대해서는 기억이 잘 나지
        않습니다. 아빠는 제가 초등학교에 입학하기도 전에 저희를
        떠났거든요. 엄마는 아빠가 사라졌다고만 했습니다. 사라졌
        다… 사라졌다는 건 무슨 뜻일까요? 엄마도 기억이 나지 않는
        걸까요? 어쩌면 아빠는 우리를 잊어버렸거나 잊어버린 척하
        고 있는 걸지도 모르겠습니다. 모두 저의 추측일 뿐이지만요.
        그게 어떻게 됐든, 저에게 남은 건 코피노라는 이름입니다.
        그런데, (사이) 제가 밥을 먹고, 책을 읽고, 숨을 쉬는 동안, 저
        는 코피노이기만 한 건 아닙니다. 엄마가 그러더라고요. 제가
        어릴 때 꿈이 세 개나 있었는데, 소방관과 공룡과 비행기가
        동시에 되고 싶어 했대요. 제가 코피노로 보이나요? 제 이름
        은 뭘까요?

        암전.

2장

학교 종소리 들리고 명전. 빗소리와 함께 무대 후면에는 비 내리는 영상
이 비친다. 책걸상 두 개가 측면을 향해 일렬로 있다. 자리에 앉아 책을
읽고 있는 준희. 멀리서 김이 축구 하는 소리 들린다. 세게 공 차는 소리

들리고, 무대 위로 축구공이 날아온다.

김(소리)   어어!

김, 뛰어 등장한다. 그런 김을 쳐다보는 준희. 준희에게로 굴러오는 축구공. 김, 준희를 발견하고 놀라 멈춘다.

김   (어색한) 미안. (얼른 축구공을 주워든다) 내가 방해했지? 미안해.
준희   …괜찮아.
김   (안절부절못한다)
준희   괜찮아. 가봐.
김   어, 그래. (돌아가다 말고 축구공을 들어 보이며) 혹시 너도 같이 할래?
준희   복도에서 공 차면 안 되는데.
김   아, 그렇지. 갑자기 밖에 비가 와서.
준희   ….
김   음… 무슨 책 읽어? (준희가 읽고 있는 책을 들여다보고는 어색하게 웃으며) 하하, 나는 봐도 잘 모르겠다. 역시 1등이라 그런가.
준희   이거 읽는다고 1등하는 건 아닌데.
김   아…. 근데 우리, 같은 반인데 이렇게 얘기하는 건 처음인 거 같네.
준희   (고개를 끄덕인다)
김   넌 왜 맨날 집에 안 가고 학교에 있어?
준희   ?
김   아니, 축구 하고 올라오면 항상 있더라고.
준희   넌 왜 맨날 혼자 축구 하는데?

김	봤어? 그야, 애들은 다 학원 가니까.
준희	넌 안 가?
김	응.
준희	나도 그래.
김	…혹시 나도 같이 공부해도 돼? 나 공부 좀 가르쳐주라. 너 공부 되게 잘하잖아. 방해 안 할게!
준희	….
김	넌 필요한 거 없어? 나도 도와줄게!
준희	그런 거 없는데.
김	나 공부 빼고 다른 건 다 잘해. (축구공으로 묘기를 보여준다)
준희	….
김	(머쓱한) 생각해봐. 그리고 그 책 다 읽으면 나도 빌려줘. 나도 읽어보게!
준희	(고개를 끄덕인다)
김	근데 우산도 없는데 집엔 어떻게 가지? 그칠 기미가 안 보이네.
준희	난 있는데.
김	(당황한) 있어?
준희	일기예보에서 오늘 비 온다고….
김	아, 일기예보….
준희	…같이 쓸래?
김	?

김이 활짝 웃자 준희도 슬며시 웃는다. 암전.

3장

명전. 김, 한 손에는 축구공을 들고, 준희를 무대 가운데로 이끈다. 준희, 못내 이끌려 간다.

김 자, 여기 서봐. (준희와 마주보고 선다) 내가 여기서 던질 테니까 한번 받아봐.

김, 준희를 향해 포물선으로 공을 던진다. 준희가 공을 뻥 차버리자 멀리 날아가는 공.

김 (할 말을 잃은) 야, 너…. (어이없어 웃어버린다)
준희 (민망한) 내가 주워올게.
김 아냐, 됐어. 내가 갈게. 넌 여기 있어. (공을 주워오며) 다시 해보자. 발끝이 아니라 발등으로 차는 거야. 너무 세게 차지는 말고, 눈높이 정도 띄운다고 생각해.

고개를 끄덕이는 준희. 김, 공을 던지고, 준희가 다시 공을 찬다. 빗맞아 옆으로 튀는 축구공.

김 (공을 줍는다) 시선은 (축구공을 들어 보이며) 여기. 끝까지 공을 봐야 해. 다시!

김, 다시 공을 던지고, 준희가 받아 차는데

경비(소리) 또 너희냐?

경비, 등장한다. 굴러가는 공을 얼른 잡아 등 뒤로 숨기는 김.

경비　이 시간까지 뭐 하고 있어? 집에 안 가고.

김　헤헤. 학생이 공부하지 뭘 하겠어요.

경비　무슨 꿍꿍이인지 내가 어떻게 알아. 너넨 어떻게 된 애들이 맨날 학교에 붙어 있어?

김　저희가 학교 아니면 어딜 가요.

경비　(열쇠 꾸러미를 김에게 던지며) 문 잘 잠그고, 알지?

김　(익숙한 듯 날아오는 열쇠를 안정적으로 잡고) 경비실 문 밑으로 넣어놓으면 되죠?

경비　(퇴장하며) 괜한 일로 깨우지 말고. (뒤돌아 둘을 번갈아 보고) 성가신 일 만들지 마라!

김　(경례 자세로) 네! 들어가세요.

경비, 퇴장한다. 경비를 향해 꾸벅 인사하는 김. 그사이 준희, 자리에 앉아 책을 편다.

김　야, 연습 더 해야지. 수행평가 얼마 안 남았잖아.

준희　됐어. 그만 할래.

김　안 돼도 그냥 해보는 게 중요한 거야. 계속 하다보면 된다니까?

김, 준희 뒷자리에 앉는다. 개의치 않고 책을 보는 준희. 김, 준희 뒤에서 기웃거리지만 준희는 미동도 없다. 김은 심드렁하게 딴짓을 하다 대뜸 준희의 등을 꾹꾹 찌른다.

김	너 진학 희망 조사서는 냈어? 시험 끝나고부터 상담한다던데.
준희	아니.
김	그럼 무슨 과 갈진 정했어?
준희	아니.
김	너 내가 말 거는 거 귀찮아서 그러는 거지?
준희	아니. 딱히 생각해보질 않아서.
김	하긴 네 성적이면 상담할 것도 없겠다. 희망이 없는 내가 문제지.
준희	대학 간다고 안 했는데.
김	어? 너 대학 안 가?
준희	안 간다고도 안 했어.
김	뭐야. 그럼 졸업하고 뭐 할 건데.
준희	(책을 내려놓고 고개를 든다) 출가?
김	….
준희	?
김	그냥 하던 것 마저 해.

준희는 다시 책을 읽는다. 김, 축구공으로 리프팅 연습을 한다. 그러다 금세 지루해져 뺨을 책상에 대고 눕는다.

준희	공부 안 할 거면 집에 가지?
김	(벌떡 일어나) 나? 내가 무슨 공부를 안 한다고 그래. 마침 모르는 문제가 생겨서 생각을 좀 하고 있었어. (급히 문제집을 펼쳐 들고 준희 앞으로 간다. 문제집을 준희의 책상에 내려놓고) 이거, 네가 좀 가르쳐줘. 이런 문제 내는 사람은 뭐 하는 사람일까? 사람이 풀 수 있는 걸 내야지. 솔직히 너도 어렵지? 나만 어려운

	거 아니지?
준희	….
김	진짜야? 너도 몰라? (눈치 보고) 왜?
준희	이거 어제 물어본 거야.
김	(문제를 확인하고 당황한) 아아! 맞아! 어제 그 문제! 아무리 생각해봐도 또 모르겠다니까. 다, 다시 알려줘.
준희	(공책을 펼쳐 풀이를 쓴다)
김	(준희를 지그시 바라보다) 너는 무슨 과목 제일 좋아해?
준희	과학.
김	왜?
준희	재밌으니까.
김	넌 진짜 이상해. 항상 내 예상을 비껴간단 말이야…. 나한텐 안 물어봐?
준희	뭘?
김	기브 앤 테이크. 내가 물어봤는데 너도 나한테 물어봐야지.
준희	…….
김	나는, 체육? 아니다, 음악인가?
준희	(김의 문제집을 덮는다)
김	왜?
준희	내일도 물어볼 거잖아. 집에 갈 시간이야.
김	벌써 그렇게 됐나? (속없이 웃는다)

가방을 챙겨 나가는 김과 준희.

김	근데 대체 네가 읽고 있는 건 뭐야?
준희	상대성이론에 관한 건데, 너도 읽어볼래?

김	아니. 절대 아니. 친구야, 넌 날 몰라도 너어무 몰라.

두 사람의 목소리 점점 작아지면서 암전.

4장

명전. 김의 책상에 손바닥만 한 선인장 화분이 있다. 분무기로 화분에 물을 뿌리는 김. 준희, 등장한다.

준희	웬 선인장?
김	나 드디어 꿈이 생겼어.
준희	꿈?
김	그래, 꿈. 과학자가 되려고.
준희	(피식 웃고 자리에 앉는다)
김	농담 아니야. 내가 네 덕분에 과학의 세계에 눈을 떴지.
준희	좀 더 일찍 떴으면 좋았을 텐데.
김	지금이라도 알게 된 게 어디야. (비장하게 일어서서) 생명의 신비란! 놀랍지 않아? 우리가 숨을 쉬고 있다는 게? 단세포생물에서부터 지금까지 진화해온 과정을 생각해봐. 난 좀 무섭기까지 하다니까.
준희	놀랍게도 다음 주가 시험이란 사실이 더 무섭지 않니? 과학자가 되려면 할 일이 참 많을 거 같은데.
김	이것도 다 공부야. 일종의 실험이랄까. 이론보다 실전이 중요한 거라고. (책상 위에 올라앉아 화분에 물을 더 뿌린다) 너 어렸을 때 필리핀에서 살았다고 했잖아. 필리핀에도 선인장이 있어?
준희	기억은 안 나는데, 있겠지? 웬만해선 잘 살아남으니까.
김	이거 잘 기르면 꽃도 핀대.

44

준희	그래?
김	필리핀어로 선인장이 뭐야?
준희	글쎄. 그건 모르겠는데.
김	꽃은? 꽃은 뭐라고 하는데?
준희	불락락.
김	불락락? 그건 너무 예상 밖인데.
준희	뭘 기대한 거야.
김	불락락은 아닐 줄 알았어. 꽃. 불락락. 플라워. 같은 꽃인데 어떻게 이렇게 다 다르지?
준희	당연하지.
김	꽃을 꽃이라고 부르는 건 당연한데, 꽃은 어떻게 꽃이 됐을까? 꽃이랑 꽃이라는 단어는 아무 상관없잖아.
준희	언어는 계속 변해. 나중엔 꽃이 꽃이 아닐 수도 있어.
김	한… 몇 만 년 정도 지나면 우리가 쓰는 말이 없어질지도 모르겠다. 아니, 말이 아닌 다른 걸 사용할지도 몰라. 언어가 없었던 시절도 있었잖아!
준희	그때까지 인류가 살아 있긴 할까?

사이.

김	좋아, 불락락! 마음에 들어! 내가 불락락 꼭 보고 만다. 나랑 내기할래? 꽃이 필지 안 필지?
준희	왜 내가 안 핀다에 걸 거라고 생각해?
김	응? 그럼 내가 안 핀다에 걸어?
준희	안 피게 할 거야?
김	아니지! 필 거야! 그러니까 네가 안 핀다에 걸어야지!

준희   (웃으며) 알았어. 잘 키워봐.

김   넌 너무 매정해. 솔직히 나보다 체육 창고에 사는 그 고양이
        가 더 좋지? 체육도 싫어하는 네가 어쩐지 맨날 체육 창고에
        붙어 있더라니.

준희   고양이는 싫을 이유가 없잖아.

김   갠 어떻게 됐어? 아픈 거 같더니.

준희   새끼 낳았어.

김   임신한 거였어? 먹을 거라도 가져다줘야 하나.

준희   사라졌어.

김   어디로?

준희   모르지. 길고양이잖아.

김   그때 그냥 데려갈걸.

준희   걔는 거기 사는 애야. 함부로 데려가면 안 돼.

김   (화분을 손에 올려놓고 보면서) 내 생각엔 동물은 식물보다 더 살
        기 어려운 거 같아.

준희   왜?

김   그렇지 않아? 필요한 것도 많고, 해야 할 것도 많고. 훨씬 복
        잡하게 살잖아.

준희   식물이라고 쉬울까? 식물도 감정이 있어.

김   식물이?

준희   의사소통도 가능하고. 아카시아 나무는 동물한테 잎을 뜯어
        먹히면 탄닌을 내뿜는대. 이 탄닌이 주변에 있는 아카시아 나
        무에 닿으면, 동물이 소화하기 힘든 성분을 만든다는 거야.
        그럼 동물들이 결국 다른 이파리를 먹을 수 없게 되는 거지.

김   그것도 의사소통인가?

준희   아카시아 나무에겐 그렇지.

김	내 말도 애한테 들릴까?
준희	(원상태로 돌아앉으며 책을 꺼낸다) 식물이 사람의 말에 반응한다는 연구도 많아.
김	귀가 있는 것도 아니고 말을 배운 것도 아닌데 어떻게 사람 말을 알아듣지?
준희	눈이 안 보이는 사람도 빠르게 움직이는 빛을 감지할 수 있대. 시각이 아닌 다른 방법으로 보는 거지.
김	시각이 아닌 다른 방법…?(화분에 물을 뿌린다)
준희	물 너무 많이 주면 죽는다.
김	귀신같긴. 넌 뒤에도 눈이 달렸냐? 아님 너도 시각이 아닌 다른 방법으로? (준희의 뒤통수에 대고 손바닥을 흔든다) 나도 알아. 근데 보고 있으면 자꾸 더 주고 싶어져.
준희	선인장의 생사가 네 손에 달린 거야.
김	뭘 또 그렇게 무섭게 얘기해. (선인장 줄기를 가리키며) 너, 여기 뚱뚱한 부분이 줄기인 거 알아? 그래서 이 끝에 꽃이 핀대. 난 한 번도 여기가 줄기라고 생각해본 적이 없어. 보통 줄기는 가늘잖아.
준희	그렇지.
김	식물에 줄기가 있는 건 당연한데, 왜 이게 선인장 줄기라고 생각은 못 했을까?
준희	우리는 우리가 뭘 모르는지조차 모르잖아. 이누이트 언어에는 다른 언어들에 비해서 눈에 대한 언어가 많대. 그러니까 우리보다 눈에 대해 더 많은 걸 알고 있겠지. 그럼 똑같은 눈을 보고도 그들에겐 보이는 게 우리한테는 안 보일 테고.
김	아, 풀리지 않는 수학 문제를 풀고 있는 거 같아. (의자를 끌어와 준희 앞에 앉는다) 그런 거 있잖아. 이건 너도 못 풀 걸? 들어

	봐. 네가 A한테 500원, B한테 500원을 빌렸어.
준희	내가?
김	만약에 말이야. 그렇다고 치자고. 그럼 얼마야?
준희	1000원.
김	그 1000원으로 슈퍼에 가서 970원짜리 과자를 샀어.
준희	(고개를 끄덕인다)
김	그리고 남은 30원에서 A랑 B한테 10원씩 돌려준 거야. 나머지 10원은 네가 가졌어. 그럼 A, B한테 490원씩 빚을 졌지. 490원 더하기 490원은 980원. 맞지?
준희	응.
김	근데 넌 10원을 가졌잖아. 490원 더하기 490원 더하기 10원은?
준희	990원?
김	그럼 10원은 어디 갔어?
준희	응?
김	10원이 없잖아. 원래 1000원이었는데 10원 어디 갔어!
준희	(암산하며 중얼거린다)
김	(통쾌한) 모르겠지? 10원이 없어졌어!
준희	식이 잘못됐잖아.
김	뭐?
준희	A, B한테 진 빚이 980원인데, 내가 가진 과자 970원이랑 남은 10원을 더하면 980원, 맞잖아.
김	그게 무슨 말이야? 원래 1000원이잖아. 그럼 20원은?
준희	A, B한테 돌려줬잖아.
김	뭐? 빚이 980원이고, 20원이…. 아니야! 490원 더하기 490원에 10원을 더하면….
준희	거기 10원을 더하면 안 되지.

김	그럼 뭐가 잘못된 거야?
준희	돈은 그대로야.
김	그럴 리가 없어! 다른 애들도 다 못 풀었는데!
준희	그냥 속은 거야.
김	말도 안 돼. 잠시만. (손가락을 접으면서) 490원에 490원을 더하고…. (계속해서 암산을 시도한다)
준희	(김을 보며 웃는) 생각보다 쉽게 꽃이 필지도 모르겠다.

암전.

5장

명전. 두 책걸상, 정면을 향해 있고, 김과 준희가 앉아 있다. 준희, 종이에다 무언가 쓰고 있다. 반면 집중하지 못하는 김. 그 옆에 서 있는 선생.

선생	너네 이게 얼마나 심각한 문제인 줄 알아? 범죄야, 범죄! 그냥 넘어갈 수 있는 일이 아니라고. 괜히 허튼 수작 부리지 말고 사실대로 실토해.
김	저희가 그런 거 아니에요.
선생	(김을 노려보며) 이럴 땐 잘못을 인정하고 용서를 구해야 하는 거야. 그렇게 뻔댄다고 해결이 되는 줄 알아? (선인장 화분을 보고) 이건 뭐야? 대체 학교엔 뭘 하러 오는 건지. (준희에게) 너는 어머니 모셔오라니까 왜 소식이 없어?

준희, 말없이 굳은 얼굴로 선생을 본다.

| 선생 | (혀를 찬다) 간도 크지. 어떻게 이런 일을 벌여? |

경비(소리) 선생님!

선생 아, 저기 오시네.

경비, 등장한다. 선생이 경비에게 눈을 돌린 사이 김은 입을 비죽거리며
화분을 자기 쪽으로 끌어당긴다. 이어서 글을 쓰는 준희.

경비 아이고, 죄송합니다. 어떻게 이런 일이!

선생 그러게 말입니다.

경비 (준희와 김을 보고) 맞아요! 얘네들! 맨날 학교에 남아서 서성이
는 게 저도 뭔가 수상하다 했거든요. 이 녀석들아! 내가 얌전
히 공부하라고 했지 누가 이런 사고를 치래?

선생 대체 문단속을 어떻게 하셨길래 시험지가 유출될 수가 있어
요?

경비 아유, 제가 늘 그런 게 아니고, 그날따라 애들이 하도 졸라대
기에 저도 어쩔 수 없이….

김 저희가 언제 그랬어요!

선생 넌 조용히 하고 어서 경위서나 써! 언제, 어디서, 뭘 했는지,
하나도 빼놓지 말고!

김 (시무룩해져서 펜을 끄적거린다)

경비 선생님도 잘 아시잖습니까. 요즘엔 학생들한테 말 한 마디도
함부로 못하는 거.

선생 그래도 그렇지. 학교에는 규율이라는 게 있지 않습니까. 요즘
애들은 우리 때 같지 않다니까요.

경비 저는 애들이 어디 갈 데도 없는 것 같고, 자식처럼 생각하다
보니 또 마음이 쓰이고….

선생 일이 이렇게 됐으니 이제 어쩐단 말입니까. 이 사실을 교육청

이나 다른 학부모들까지 알게 되면!

경비   알게 되면?

선생   (눈을 질끈 감았다 뜬다) 이 문제에 한두 사람이 달린 게 아닙니다. 제 말 무슨 말인지 아시죠?

경비   아유, 그럼요.

선생   (김과 준희에게) 너흰 조만간 징계위원회에 회부될 거니까 잘 생각해서 쓰는 게 좋을 거다. 지금 너희가 어떤 선택을 하느냐에 따라 너희 미래가 바뀔 수도 있어. 괜히 애먼 사람한테까지 피해주지 말고.

선생, 퇴장한다.

경비   내가 좋게 좋게 봐줬더니 이렇게 뒤통수를 쳐? 하여튼 잘못되기만 해 봐.

경비, 선생 뒤를 따라 퇴장한다. 김, 선생과 경비가 사라지는 걸 확인하자 바로 펜을 내려놓는다.

김   뭐 쓸 게 있어야 쓰지. (준희에게) 야, 넌 아까부터 뭘 그렇게 쓰고 있어?

준희   할 수 있는 걸 해야지.

김   할 수 있긴 개뿔. (자신의 경위서를 들어 흔들며) 이걸로? (경위서를 허공에 던져버린다) 이게 말이 돼? 우리가 시험지를 왜 훔쳐? 무슨 학교가 이래? 증거도 없이 학생을 이렇게 몰아세워도 되는 거야? 쓰란 대로 안 쓰면 어떻게 할 건데?

준희   ······.

김	내가 어이가 없어서 진짜. 우리가 그 학원이랑 무슨 관련이 있다고 시험지를 훔쳐다 주냐?
준희	돈을 받았다잖아.
김	돈이라도 받았으면 덜 억울하지. 어디 찾아보라 그래. 진짜 답답해 죽겠네. 학생이 학교에서 공부한 게 죄야? 학교에 남아 있었다는 게 무슨 증거가 돼?
준희	누군가 증거가 되게 만든 거지.
김	누군가? 근데 왜 우리한테 뒤집어씌우는 거야? 우리가 뭘 잘못했는데?
준희	제일 쉽잖아. 할 수 있는 게 없으니까. (김을 흘긋 보더니 책상 앞으로 나온다) 따라 해봐. (제자리에서 힘껏 뛴다) 해보라니까?

준희, 김의 손을 잡고 다시 힘껏 뛴다. 얼떨결에 같이 뛰는 김.

김	이게 뭔데?
준희	실험! 우리가 공중에 있었던 게 몇 초나 될까? 1초?
김	아마, 그쯤?
준희	(자리에 가 책을 펴고 무언가를 찾는다) 서울에서 자전축까지가 5111킬로미터, 하루에 지구가 한 바퀴를 돌면, 우리는 32097킬로미터를 움직이는 거야. 우리가 뛴 1초 동안 이 땅이 371미터나 움직인 거라고!
김	뭐?
준희	자, 여기 누워봐.

준희, 바닥에 귀를 대고 눕는다. 김, 준희를 따라 눕는다. 준희, 눈을 감고 집중한다.

준희	뭐가 들려?
김	뭐가?
준희	뭐가 느껴져?
김	뭐가?
준희	지구가 움직이는 게 느껴지냐고. 지구의 자전, 맨틀의 대류, 지각 판 이동 그런 거!
김	(허탈하게 웃으며 자리에 앉고) 그런 게 느껴질 리가 없잖아.
준희	(일어나서) 그러니까.
김	그러니까, 라니?
준희	그렇게 당연한 것도 난 지금 아무것도 증명할 수가 없잖아.
김	(어이없는) 그래서? 이대로 징계를 받는다고? 넌 화도 안 나?
준희	생각보단 화가 나.
김	생각보단?
준희	그래서 꽤 합리적으로 생각하는 중이야. (경위서를 훑어 읽고는 책상에 엎어놓는다) 근데 마땅한 답이 없네.
김	(크게 한숨을 내뱉고) 지금도 지구가 돌고, (바닥을 두드리고) 이 땅도 움직이고 있는 거겠지?
준희	그렇겠지.
김	너 지진을 느껴 본 적 있어?
준희	너무 오래 전이라···.
김	몇 년 전에 지진 났던 적 있잖아. 집에 있는데 갑자기 아파트가 휘청하는 거야. 근데,
준희	근데?
김	아무 일도 없었어! 지진이 일어났는데.

준희, 무슨 말인지 모르겠다는 표정.

김	재난 영화에서 보면 땅이 갈라지고 건물이 무너지고 그러잖아. 그런데 아무 일도 없었던 것처럼 조용한 거야. 순간 정말 아무 일도 없었나 싶었어. 내가 방금 느낀 게 착각인가? 나만 느낀 걸까? 근데 뉴스에서 지진이 났다고 하더라고. 뉴스에서 알려주지 않았더라면 난 그게 지진인지도 몰랐을 거야.
준희	약한 지진이었나 보지. 아니면 아주 멀리서 일어났거나.
김	내가 모르고 지나간 지진이 얼마나 많을까? 어떤 생명체들은 나보다 더 많은 지진을 느끼겠지?
준희	그럴지도. 인간이 알아채기 전에 미리 이상행동을 보이는 동물들도 있잖아.
김	개미들이 줄 지어 가고 그런 거?
준희	응.
김	그날 내가 뉴스를 보지 않았더라면 난 내 뇌가 어떻게 됐거나 신의 장난에 걸려든 거라고 생각했을지도 몰라. 지진이 어디서 일어나는지, 강도는 얼마나 센지 그걸 측정해주는 관측소나 뉴스가 없다면 난 아무 것도 모르고 살겠지?
준희	알기 어렵긴 하겠지.
김	(헛웃음치고) 세상엔 참 이상한 일이 많은 것 같아.

사이.

준희	난 어릴 때 건물이 무너져서 이틀 동안 갇힌 적이 있어. 알고 보니 그게 지진 때문이었대.
김	이틀이나?
준희	사실 이틀이었는지는 나도 모르겠어.
김	거기서 어떻게 버텼는데?

| 준희 | 나 말고 또 한 사람이 더 있었어. |

스포트라이트가 켜지고 남자가 서 있다. 준희와 남자, 서로를 마주보고 선다.

김	그 사람이 누군데?
준희	몰라. 기억이 안 나. 어두웠거든. 전기도 끊겼으니까. 목소리는 낮고, 대략 체격은… (남자의 키만큼 손을 올린다) 이 정도? 그렇게 크진 않았던 것 같아.
남자	얘, 머리 숙여!

남자, 황급히 준희의 머리를 감싸고 엎드린다. 남자와 준희, 좁은 곳에 갇힌 듯 몸을 웅크린다. 남자, 길을 찾는 듯 두리번거린다. 준희가 머리를 들려고 하자 준희 머리를 누른다.

남자	안 되겠다. 여기서 사람들이 올 때까지 기다려야 할 것 같아.
준희	(어린 아이 같은) 여기서요?
남자	괜히 움직이다간 다치겠어.
준희	사람들이 안 오면요?
남자	올 거야. 분명히. 우릴 찾을 거야.
준희	언제 오는데요?
남자	금방. 금방 올 거야.
김	그렇게 이틀이나 있었단 말이야?
준희	그게 이틀이었는지 2주였는지 아님 두 시간이었는지 모르겠어. 그 사람이 해주는 얘기를 듣는데 정신이 팔려버렸거든. 시간이 어떻게 가는지 모를 만큼.

남자   너 스쿠아라고 아니?

준희   그 사람이 스쿠아에 대한 이야기를 해줬는데,

김   스쿠아?

준희   (흥미롭다는 듯) 도둑갈매기 말이야.

김   도둑갈매기?

남자   스쿠아는 남극에 사는 바닷새지. 재밌는 건 도둑갈매기라고 불린다는 거야. 알을 품고 있는 펭귄 주변에서 호시탐탐 기회를 노리다 잠시 펭귄이 방심한 틈을 타서 펭귄의 알을 훔쳐 먹는 거지.

준희   난 그 얘기에 홀려버렸어. 계속 더 얘기해달라고 졸랐지. 펭귄의 알을요?

남자   그래. 펭귄들은 무리를 지어 사는데, 꼭 한두 마리씩 불침번을 세워. 알을 지키려고 말이야. 꽤 똑똑하지? 넌 아직 어려서 모르겠지만 세상이 다 그래. 자기 걸 지키지 않으면 빼앗기고 말아.

준희   안 뺏기려면 어떻게 해야 하는데요?

남자   음…. 안 뺏기는 법을 익혀야지. 소중한 걸 지키는 법.

준희   소중한 걸 지키는 법…. (사이) 난 그 사람이 날 구해준 사람인 줄 알았어. 근데 아니더라고.

남자를 향해 있던 스포트라이트 꺼진다.

김   그럼?

준희   엄마 말론 그런 사람은 없었대. 무너진 건물 안에서 발견된 건 나뿐이었대.

김   너뿐이었다고?

준희	그래.
김	그럼 네 기억 속에 있는 그 사람은 누군데?
준희	글쎄. 누구였을까? 분명히 내 기억 속엔 있는데.
김	꿈일까?
준희	아니. 꿈이 아니었어. 분명히.
김	그럼 다른 기억이랑 헷갈리는 거 아닐까? 또 다른 기억은 없어?
준희	응. 근데 엄만 그 얘길 싫어했어. 그놈의 갈매기 얘기 좀 그만하라고 했지. 엄밀히 따지면 갈매기와 도둑갈매기는 다르지만, 엄마는 그런 데 관심이 없었어. 물론 엄마가 싫어하는 게 그것만이었던 건 아니지만.
김	또 뭐가 있는데?
준희	공룡 이름 외우기, 만화 주제가 따라 부르기, 판박이 스티커 모으기, 그런 거.
김	모범생도 어릴 땐 다 똑같구나?
준희	아무튼 그 얘기만큼은 사진처럼 계속 기억에 남아 있었어. 언제 꺼내 봐도 똑같이 선명하게. 엄마는 이제 내가 잊어버린 줄 알겠지만 아직도 문득문득 생각나. 나한테 그 얘길 해준 사람은 누구였을까⋯.
김	그런데⋯ 도둑갈매기가 우리말을 알아듣는다면 너무 황당하지 않을까?

스포트라이트가 켜지고, 뒷짐을 지고 당당하게 서 있는 스쿠아. 김과 준희, 스쿠아를 향해 시선을 돌린다. 스쿠아의 움직임에 따라 스포트라이트가 움직인다.

스쿠아 (격앙된) 도둑갈매기라고 하셨습니까? 도둑이라니요? 제가요? 제 이름이 그렇단 말입니까? (마치 발레 같은 몸짓으로 자신을 뽐내며) 이 우아한 깃털, 단단한 근육과 용맹한 눈빛, 그리고 극지방의 세찬 바람과 눈보라 속에서도 유구한 역사를 이어온 우리 종족에게 도둑이라니요? 그 말은 즉, 염치없이 몇 날 며칠 자리를 깔고 카메라를 들이대던 놈들이 사실 전 세계 인간들이 보는 방송에 우리들을 (다큐멘터리 내레이션처럼) 저기 도둑갈매기들이 보이는군요. 펭귄이 잠시 방심한 틈을 타 펭귄 알을 훔쳐 먹는 아주 교활한 녀석들이지요. (다시 원래 목소리로) 이렇게 소개한단 말입니까? 남극의 생태를 다룬 과학 잡지 같은 데선 거창하게 펭귄 따위를 표지에 장식해놓고는 잡지가 거의 끝나갈 때쯤 어디 귀퉁이에다 저를 펭귄의 천적이라고 짤막하게 소개하겠죠. 그뿐입니까? 그걸 본 인간들은 어머, 너무 잔인해! 어떻게 귀여운 펭귄의 알을 먹어버릴 수가 있어! 하며 우릴 비난하겠죠. 그들은 우리를 고작 어린 인간들의 영웅인 펭귄을 괴롭히는 악당, 엑스트라로밖에 생각하지 않을 테니까요. 참나, 펭귄들이 얼마나 많은 크릴을 잡아먹는지 아십니까? (발을 들어 보이며) 이 발톱보다도 작은 아이들을 말이에요. 심지어 인간들은 크릴을 바늘에 꿰어 미끼삼아 낚시를 즐기죠. 그런데 그런 크릴을 불쌍히 여기는 이가 있습니까? 사후세계가 있다면 그 수많은 크릴들의 영혼이 이미 가득 차 있을 겁니다. 대체 도둑 같은 놈들이 누군데 (김에게 얼굴을 들이대며) 우리 보고 도둑이라는 겁니까?

김 (스쿠아의 기세에 밀려 점점 물러난다) 아니, 제가 그런 건 아니고….

스쿠아 그러는 인간들이 하는 짓을 보세요. 그럴 자격이 있는지. 감옥 같은 닭장에 닭들을 빽빽하게 가둬놓고 매일 알만 쏙쏙 빼가지 않습니까? 그 닭들은 평생 인간들에게 이용만 당하다 죽는 거라고요. 인간들은 지구를 자기들이 지배하고 있는 줄 알겠지만 사실 몇 억 년 후에 보면 인간 화석 보단 닭 화석이 훨씬 많이 남아 있을 겁니다. 기나긴 지구의 역사에서 인간들도 그저 한순간일 뿐이란 겁니다.

김이 스쿠아의 어깨를 토닥이려 하자 스쿠아가 김의 손을 내친다. 계속해서 관객을 향해 말을 이어가는 스쿠아.

스쿠아   아니, 내가 말이 안 통하니 얼마나 답답했던지. 하여간 인간들은 민폐덩어리라니까요. 하루라도 지구에 폐를 끼치지 않는 날이 없어요. 숨 쉬는 내내 쓰레기만 만들어낼 뿐이죠. 그러면서 자기들이 지구의 구세주라도 되는 양 오만을 떨어대는 꼴이라니. 착각하지 말라고요. 지금껏 우리가 얼마나 많은 멸종을 지켜봤는지 아십니까? 언제나 그랬듯 인류의 역사가 끝나는 날도 우리 조류들이 지켜보게 될 겁니다.

스쿠아를 향해 있던 스포트라이트가 꺼진다.

김   … 할 말이 많았나 본데?

준희   그러게. 인류세의 지표화석이 인간이 아니라 닭이라는 데엔 일리가 있어.

김   인류세?

준희   우리가 살고 있는 신생대 제4기는 플라이스토세와 홀로세로 나뉘는데, 이제 홀로세를 지나 새로운 지질시대인 인류세가

도래했다고 보는 거야. 인류가 저질러온 환경 파괴의 대가를 치러야 할 시대가 온 거지. 지구온난화나 엘리뇨 같은 거 말이야.

김 도둑갈매기 입장에서는 지구온난화도, 도둑갈매기라는 이름도 억울할 만해.

준희 어쩌다 플라스틱 조각이 목에 걸려 죽는다면 더 그렇겠지.

김 지금 우리처럼?

김과 준희, 서로를 보고 웃는다. 암전.

6장

명전. 선생, 누군가와 통화하고 있다. 준희, 대걸레를 들고 등장한다. 선생을 발견하고 멈춰서는 준희.

선생 (굽신거리는) 예, 알겠습니다. (사이) 아닙니다. 괜히 심려 끼쳐드려서 죄송합니다. 걔네도 별 수 없을 겁니다. 제가 문제없도록 조용히 처리할 테니 걱정하지 마십시오. (사이) 예, 들어가십시오. 예. 예. (전화를 끊고 중얼거리는) 자기들은 시키기만 하면 되지만 나는 대체 어쩌란 거야? 여기저기 비위 맞추다 나만 죽어나겠… (준희를 발견하고 깜짝 놀란다) 어휴, 깜짝이야! 뭐야, 너?

준희, 목례한다.

선생 거기서 뭐해?

준희 (대걸레를 들어 보이며) 청소 당번이라.

선생	너는…! (뭔가 말하려다 만다) 청소를 빨리빨리 해야지! 지금 시간이 몇 신데.
준희	….
선생	(말을 삼키고) 됐다. (고개를 저으며 퇴장하다 멈춰 선다) 아니, 너 말이야. 내가 너 때문에 얼마나 애를 먹은 줄 알아? 하마터면 너희 대학이고 뭐고 고등학교도 못 나올 뻔했어.
준희	….
선생	이번만 조용히 넘어가기로 했으니까 다행인 줄 알아.
준희	네? 왜요?
선생	왜요는 무슨 왜요야? 일 크게 만들어봤자 학교 이름에 먹칠이나 하고, 너희 앞길 막는 거밖에 더 돼? 너 내신 한 번 망치면 타격이 얼마나 큰지 몰라? 집안 사정 생각하면 장학금도 받아야 할 것 아니야? 너 하나 의대 보내려고 학교에서도 얼마나 신경들을 쓰시는지.
준희	저 의대 갈 생각 없는데요?
선생	이게 또 무슨 뚱딴지같은 소리야? 네 성적에 의대를 왜 안 가? 너 잘 돼서 학교 앞에 플래카드도 걸리고 그러면 어머니도, 선생님들도 얼마나 뿌듯해하시겠어? 자소서도 딱 스토리가 나오는구먼. 너도 참, 공부도 잘하는 녀석이 괜히 어쭙잖은 애랑 어울려 다니니까 이런 일에 휘말리는 거 아냐. 그런 애들은 너한테 하나도 도움될 거 없어.
준희	걔네들은요? 그 학원 다니는 애들이요.
선생	(당황한) 그건… 선생님들이 알아서 할 거니까 너는 신경 쓸 거 없어! 너도 어디 가서 말조심하고.
준희	(못마땅한) ….
선생	너는 어떻게 선생님 말씀하시는데 대답이 없어? 우리 제발 좀

조용히 지내자. 나 정말 조용히 살고 싶은 사람이야. 응?

준희   ⋯선생님.

선생   어?

준희   저 질문이 있는데요.

선생   (긴장한) 무슨 질문?

준희   (한참을 주저하다 말을 삼킨다) ⋯선인장 키워보신 적 있으세요?

선생   서, 선인장? (안도하는) 뜬금없기는. 아~ 너 내가 그 선인장 화
         분 보고 뭐라 그랬다고 이러는 거냐? 네가 지금 그런 거 신경
         쓸 때야?

준희   선인장에 꽃이 필까요?

선생   선인장이야 물 잘 주고, 햇빛 잘 쐬고, 그럼 아무데서나 잘 자
         라는 거지. 안 그래?

준희   물을 얼마나 주고 햇빛은 얼마나 쐬야 하는데요?

선생   무슨 쓸데없는 소릴 계속 하고 있어? 너 진학 희망 조사서도
         아직 안 냈지? 상담해야 하니까 내일까지 가져와. 알겠어? 가
         봐. 집에 일찍 들어가고.

         선생, 퇴장한다. 준희, 선생의 뒷모습을 응시한다. 사이.

김(소리)   야, 빨리 안 오고 뭐 해?

         김, 등장한다.

김   (준희 얼굴을 살피며) 너, 무슨 일 있어?

준희   ⋯우리, 오늘은 청소하지 말고 도망갈까?

김   (씩 웃는다) 그래! 가자!

암전.

7장

명전. 무대 후면에 밤하늘이 떠 있다. 준희, 책상 위에 무릎을 그러안고
앉아 하늘을 바라보고 있다. 김은 이리저리 돌아다니며 하늘을 본다.

김   저게 오리온자리인가?

준희   오리온은 겨울 별자리인데?

김   (머쓱한) 넌 도망쳐서 한다는 게 고작 별똥별 보는 거야?

준희   (웃는) 앉아봐. 곧 시작해.

김   뭐가 보이긴 해?

준희   별을 보려면 최대한 어둠에 익숙해져야 해.

김   (책상 위에 걸터앉고) 근데 사람들은 왜 별을 좋아할까? (노래 부
         르는) 저 별은 나의 별~ 저 별은 너의 별~ 그런 노래도 있잖아.

준희   예쁘잖아. 빛이라는 거. 우주에서 우리가 볼 수 있는 건 4퍼센
         트에 불과해. 나머진, 암흑이지. 보이지 않는 것. 보이지 않지
         만, 존재하는 것. (사이) 우리는 모두 태어나는 순간에, 그러니
         까 처음 빛을 보는 순간에 울잖아. 그런데 울지 않으면서 사
         는 게 이상하지 않아? 어쩌면, 계속 울음을 참고 사는 거 아닐
         까? 아이를 낳아본 사람은 그 고통을 기억하지만, 자기가 태
         어날 때 얼마나 아팠는지 기억하는 사람은 없어. 아기가 태어
         날 때 우는 이유가 아프고 무서워서래. 갑자기 스스로 숨을
         쉬어야 하는데 폐는 아프고, 여긴 너무 밝고 시끄럽기까지 해.
         그걸 감당하는 건 그 순간에 그 아이밖에 없는 거지. 너무 잔
         인하지 않아? 저기 우주에 가면 어떨까? 좀, 비슷하지 않을까?
         어둡고 조용하고.

김	그렇지만 저긴 산소가 없어. 금방 죽어버리겠지.
준희	그럴까? 가끔, 달보다 구름이 더 멀어 보일 때가 있어.
김	그럴 리가 없잖아. 네가 웬일로 그런 말도 안 되는 소리를 다 해?
준희	말도 안 되는데, 그렇게 보이는 거야. 그렇게 믿을 수밖에 없게. 달에 가본 적 있어?
김	달에? …농담이야?
준희	아니. 농담 아냐. 달에 가보지 않았는데 어떻게 구름보다 달이 멀지 않다고 할 수 있어?
김	당연하잖아! 우주엔 공기가 없어. 구름도 없고.
준희	(장난스러운) 어떻게 알아?
김	무슨 말을 하는 거야? 교과서에도 나와 있어. 학교에서 배운다고.
준희	그 책을 어떻게 믿지?
김	너 지금 닐 암스트롱이 달에 갔다는 사실을 믿지 않는 거야?
준희	그걸 확신할 수 있냐는 거야. 너, 날아다니는 스파게티 괴물교에 대해 들어봤어?
김	날아다니는 스파게티 뭐?
준희	플라잉 스파게티 몬스터. 스파게티 면으로 된 다리가 여러 개 있고, 눈은 미트볼이야.
김	뭐?
준희	그 괴물을 창조주라고 믿는 종콘데, 정식 종교로도 인정됐어. 아멘 대신 라멘이라고 기도한대.
김	라멘? 먹는 그 라멘? 장난해?
준희	예수가 인간의 모습인 게 더 이상하지.
김	무슨 소린지 모르겠다, 정말.

준희   아직 지구가 둥글지 않다고 주장하는 사람도 있어. 지구 평면설에 대한 근거가 얼마나 많은데. 너 수평선 그릴 때 어떻게 그려? 직선으로 그리지?

김   응. 수평선이니까.

준희   평평한 수평선을 본 사람은 많지만, 휜 수평선을 봤다는 사람 본 적 있어?

김   어?

준희   지구가 둥글면 수평선이 휘어야 하잖아.

김   지구가 너무 크니까 그렇지.

준희   휜 수평선을 보려면 인간이 올라갈 수 없는 높이까지 올라가야 해. 그러니 어떻게 그걸 믿을 수 있겠어?

김   위성사진을 보면 알 수 있잖아.

준희   그건 사진이잖아. 진짜인지 거짓인지 알 수가 없지.

김   하, 너도 그렇게 생각해?

준희   의심하지 않을 순 없지. 갈릴레오 갈릴레이는 지동설을 주장하다가 사형당할 뻔했어.

김   지금은 천동설을 주장한다고 사형당하지 않아.

준희   지구가 태양 주위를 돈다는 걸 믿는 것과 스파게티 괴물을 믿는 것 사이에 다른 게 뭘까? 우린 대체 뭘 믿고 있는 거지? 우리가 보고 있는 저 별은 아직 살아 있을까? 별빛이 빛의 속도로 지구까지 오는 사이에 이미 별은 없어졌을지도 몰라.

김   내 눈에 보이는 저게 지금은 없다고?

준희   밤하늘의 별을 보는 건 과거를 보는 거라잖아. 태양 다음으로 가장 가까운 별도 4광년이나 떨어져 있어. 그럼 저 많은 별빛들은 언제부터 지구를 향해 온 걸까. 언젠가 사라졌거나 사라지고 있는 거겠지?

김	그래도 아직 빛나고 있잖아! 설령 우리가 보고 있는 저 별이 사라지고 없대도 먼 거리만큼 오래 빛은 남아 있겠지.
준희	(미소 짓는) 그렇지. 아직은. (사이) 난 가끔 그런 생각이 든다? 지금의 불행은 미래의 더 큰 불행을 막기 위해 누군가 타임머신을 타고 와서 조작한 게 아닐까, 하는 생각.
김	그렇게 믿고 싶어?
준희	그럼 마음이 좀 편하잖아. 충분히 그럴 수 있다고 생각해. 초자연적인 존재보단 훨씬 믿을 만하지.
김	그래. 그럴 수도 있겠다. (사이) 근데… 별똥별 오늘 안에 떨어지긴 하는 거야?
준희	이상하다. 분명히 뉴스에서 그랬어.
김	만화에만 나오는 거 아니야? 그게 맨눈으로도 보여?
준희	나 어렸을 때 본 적 있어!
김	진짜?
준희	거긴 여기보다 어두워서 별이 더 잘 보이긴 했는데….
김	이 방향으로 보는 거 맞아? (책상에서 내려와 이리저리 돌아본다) 벌써 지나간 거 아냐? 별똥별은 무슨, (놀란) 어?

준희, 김의 시선을 따라 하늘을 보고는 바로 손을 모아 기도한다. 김도 손을 모으고 기도한다. 잠시 후 눈을 뜨는 두 사람.

김	… 봤어?
준희	아니.
김	뭐야, 그럼 소원을 왜 빌어?
준희	네가 본 거 아니었어? 그래서 한 건데.
김	뭐가 지나간 거 같기도 하고, 아닌 거 같기도 하고. 넌 미신

같은 거 안 믿는다며.

준희   그래도 혹시 모르잖아. 무슨 소원 빌었어?

김   선인장 잘 자라라고.

준희   (웃는다)

김   보통 선인장은 사막에서만 산다고 생각하잖아. 근데 칠레에서부터 캐나다까지 서식한대. 웬만해선 산단 얘기지. 게다가 종류가 5000종이 넘어. 엄청나지? 근데 꽃이 피려면 조건이 꽤 까다로워. 나 요즘 개 앞에서 말도 얼마나 가려서 한다고.

준희   되게 열심히 하네.

김   넌 무슨 소원 빌었어?

준희   나? 음….

김   난 말했는데 넌 말 안 해줘?

준희   혹시라도 유성이 지구에 떨어진다면 아무도 없는 곳에 떨어지길.

김   뭐? 너 무슨 그런 불길한 말을 해.

준희   누가 다치면 안 되잖아.

김   당연히 안 되지!

짧은 암전 후 명전. 무대 가운데 책상이 있고, 책상 위에 꽃 핀 선인장 화분이 있다. 무대 후면, 별이 가득한 밤하늘에 유성이 지나간다. 암전.

막.

　두 주인공에게 미안하고 싶지 않아서 오래 이 작품을 붙잡아 두었습니다. 이제 독자와 관객 분들께 떠나보내야 할 때가 왔는데도 처음 두 사람을 만났을 때에서 한 발짝도 벗어나지 못한 것 같습니다. 끝내 그 바람을 이루지는 못했지만 두 사람의 빛나는 순간들을 가장 선명하게 기억하는 사람이 되겠습니다.

　간절히 바라는 일들은 종종 바라는 대로 되지 않았습니다. 그래서 최근에는 바라는 대로 되지 않는 게 제가 특별히 부족하거나 불운해서 그런 게 아니라고 스스로를 다독였습니다. 그렇게 마음먹으니 꼭 작가가 되지 않더라도 글을 쓰며 살아갈 수 있을 것 같았습니다. 당선 소식을 듣고 가장 기뻤던 이유는 곁에 있는 사람들이 기뻐했기 때문이고, 그다음은 그들에게 조금 덜 미안해하며 글을 쓸 수 있을 것 같았기 때문입니다. 오래 바라온 일인데 막상 당선이 되고 나니 기쁨보다는 부끄러움이 앞섭니다. 그래도 이 부끄러움을 안고 좀 더 써 보겠습니다.

　제가 지금까지 글을 쓸 수 있었던 건 함께 읽고, 쓰고, 이야기 나누었던 선생님들과 동료들 덕분입니다. 문학의 테두리 밖으로 이탈하지 않도록 이끌어주신 주찬옥 선생님, 이승하 선생님, 방현석 선생님, 정은경 선생님, 이대영 선생님, 전성태 선생님, 김근 선생님, 김민정 선생님 감사합니다. 희곡을 만나게 해준 노리터, 희곡을 놓지 않게 해준 희곡 소모임 동료들, 그리고 중앙대 문예창작학과에서 만난 문학보다 소중한 사람들, 모두 고맙습니다. 여러분을 만나지 않았더라면 문학이 지금과 같은 의미로 제게 남아 있지 않았을 겁니다.

　마지막으로 제가 덜 다치도록 지켜주신 어머니, 아버지, 그리고 가족들 감사합니다. 당신들을 만난 게 제 가장 큰 행운입니다.

불확실한 시대를 살아보려는 새 '서정'

올해도 응모 편수가 많이 줄었다. 현장의 여러 희곡상에서도 수상작을 못 내는 경우가 드물지 않았다. 이 현상이 무엇을 의미하는지 숙고해볼 일이다. 징후에도 암과 명이 있다. 올해 응모작의 관심 분야는 그리 넓지 않았고 단순히 연극적인 작품은 줄어든 반면 대동소이했다.

비관이 곧 진실에 가깝다는 생각은 어리다. 우리는 현재의 징후를 다시 '통찰'하기 위해 소재가 동반하는 어쩔 수 없는 선정성을 작가가 어떤 입장에서 컨트롤하고 있는지, 글쓰기의 어려움과 시대 읽기의 어려움을 분리해서 사고하고 있는지, 우리가 이미 알고 있는 바를 단지 인물을 빌려 말하지 않고 극 자체가 그것을 알게 하고 있는지 살펴보았다.

최종 후보작은 '무덤' '빨갛게 익은' '선인장 키우기'였다. '선인장 키우기'는 시험지 유출 사건에 용의자로 몰린 두 학생의 철없어 보이는 대화로 점철되어 있었다. 그들은 삶의 '부당함'을 세계의 '불가해성'에 욱여넣으려 했다. '부당'과 '불가해'는 다른 것이지만 두 사람이 미워 보이지 않았다. 그들의 그러한 행위가 자연스럽게 불확실한 시대를 어떻게든 살아보려는 '서정'처럼 느껴졌기 때문이다. 새 '서정'이고 젊다. 햇살이 한 줄기라도 들어오면 그걸 붙잡아야 하는 시기일지 모른다. 우리는 '선인장 키우기'를 당선작으로 정했다.

김철리 연출가 · 장우재 대진대 연극영화학부 교수

매일신문 희곡 부문 당선작

32일의 식탁

■

정승애

1999년 서울 출생
명지전문대학 졸업 예정

등장인물

해진 (54, 여, 윤지의 모)

윤지 (20대 후반, 여)

때

10월 31일 밤 11시 30분

곳

해진의 집, 부엌.

무대

무대 중앙의 4인용 식탁과 그 옆에 놓인 의자 2개. 식탁의 왼쪽에는 요리한 흔적이 가득한 싱크대와 조리대가 놓여있다. 식탁 뒤편에는 일자가 크게 적힌 달력과 윤지와 해진의 가족사진이 걸려 있다. 달력의 일자는 31일로, 오래된 듯 누렇고 얼룩진 모습이다. 가족사진 속 해진은 무대 위의 해진과 같은 옷을 입고 있다. 그리고 액자의 오른편에 세워진 현관문. 극의 처음부터 끝까지 계속 열려있다. 그 위에 커다랗게 띄워진 흰색 전자시계. 극의 진행에 따라 사라졌다 나타나기를 반복한다. 식탁의 오른편 구석에는 하얗고 커다란 냉장고가 있다. 전체적으로 따뜻한 파스텔 톤으로 구성되어있지만, 벽지나 가구 곳곳의 색이 바래있다.

막이 오른다. 싱크대 앞에 서 있는 해진. 그 주변에는 음식 재료와 접시들이 널브러져 있다. 해진은 콧노래를 부르며 서로 다른 두 개의 접시를 들고 이리저리 살펴보고 있다. 어딘가 들뜬 기색이다.

해진   이참에 그릇을 바꾸든가 해야지. 쓸 만한 게 없네.

한참을 고민하던 해진은 둘 다 내려놓고는 찬장에 손을 뻗는다. 이때 갑자기 울리는 휴대폰 벨소리.

해진   여보세요? 누구세요? (사이) 잘 안 들려요. 여보세요?

말을 할수록 구겨지는 해진의 표정. 해진의 목소리는 점점 커진다.

해진   (고함치듯) 여보세요? (전화를 끊으며) 뭐야, 왜 말을 안 해.

휴대폰을 앞치마 주머니에 넣은 해진은 찬장으로 다시 손을 뻗는다. 손이 닿지 않자 그는 발뒤꿈치까지 들어가며 안간힘을 쓴다. 그러나 손은 찬장 맨 꼭대기의 접시까지 닿지 않는다.

해진   (귀찮다는 듯이) 아유, 얜 또 맨 꼭대기에 올라가 있어.

해진은 식탁 의자를 끌고 온다. 의자에 올라가서 겨우 접시를 꺼낸다. 이때 다시 한번 휴대폰이 울린다.

해진   여보세요? 여보세요? (짜증스럽게) 장난 전화 걸지 마세요.

전화를 뚝 끊어버린 해진은 휴대폰을 앞치마 주머니에 쑤셔 넣는다.

해진   아니 바빠 죽겠는데. 오늘따라 왜 이래, 진짜.

해진은 싱크대와 조리대 앞, 냉장고 주위를 바쁜 걸음으로 돌아다닌다.
그러다 문득 식탁을 쳐다보고는 깜짝 놀란다.

해진   아이고, 내 정신. 빵 꺼낸다는 걸 까먹었네.

해진은 오븐에서 빵을 꺼내 접시에 담는다. 식탁으로 가지고 가지만, 이
미 가득 차 있다. 다른 접시들을 한쪽으로 밀어내고 빵 접시를 식탁 위로
꾸역꾸역 올려놓는 해진.

해진   (두리번거리며) 샐러드를 좀 만들어야겠네.

종종걸음으로 냉장고로 향하는 해진. 냉장고 속에 거의 몸을 들이밀고는
야채 칸을 뒤적거린다. 이때 윤지가 문을 열고 무대 위로 등장한다. 검은
투피스 정장 차림이다. 조금 열려있던 문은 이내 바깥쪽으로 활짝 열리게
된다. 조심스러운 발걸음으로 해진에게 다가가는 윤지.

윤지   엄마.
해진   어머.

해진은 놀란 듯 잠깐 움직임을 멈추었다가 윤지를 와락 껴안는다. 윤지는
순간 움찔하지만, 이내 천천히 해진의 등을 감싸 안는다. 해진은 윤지를
더욱 세게 끌어안는다.

해진   (급히 몸을 떼곤 매우 반가운 투로) 오는데 안 추웠어? 쌀쌀하던데
        따뜻하게 입지, 옷이 이게 뭐야. 배고프지? 빨리한다고 했는데
        오늘따라 미용실에 손님이 많더라고. (윤지를 의자에 앉히며) 일
        단 앉아. 앉아있어. 금방 끝나.
윤지   (다정하게) 나 점심 늦게 먹었어. 천천히 해도 돼.
해진   알겠어. 알겠어.

해진은 대답과는 달리 더욱 분주하게 부엌을 가로질러 다닌다. 윤지는 그
런 해진을 물끄러미 바라보다 자리에서 일어나 외투를 벗는다.

해진   (다급하게) 앉아, 앉아. 앉아있어. 금방 해.
윤지   뭐 도와줄 거 없어?
해진   아냐, 그냥 있어.
윤지   (머뭇거리며) 그래도.
해진   괜찮아. 할 것도 없어.

다시 싱크대 앞으로 가는 해진. 손을 헹구며 양상추를 집어 든다. 양상추
를 손질하며 윤지에게 말을 건다.

해진   (뿌듯하게) 내가 너 온다고 너 좋아하는 거 가득 차려놨어.
윤지   잡채에 등갈비 찜, 오징어 볶음, 새우전, 탕수육. 이게 다 뭐야.
        뭘 이렇게 많이 준비했어. 다 먹을 사람도 없는데.
해진   왜 없어. 네가 다 먹고 가면 되지.
윤지   (옅게 웃으며) 하여튼 엄마는 손 진짜 커.
해진   좀 이따 스테이크 해줄게. 너 고기 없으면 밥 못 먹잖아.

윤지는 자리에서 일어나 느린 걸음으로 주방을 돌아다닌다. 해진은 손을 움직이면서도 힐끔힐끔 윤지를 바라보며 말을 건다.

해진   요즘 부쩍 미용실 손님이 늘었어. 날이 추워져서 그런가, 파마
       하는 사람이 많아졌어. (우습다는 듯이) 확실히 부풀리면 따뜻하
       긴 하지.
윤지   다행이네. 장사 잘 되면 좋지, 뭐.
해진   예약 전화 받는 것도 일이라니까? 더 바빠지면 사람이라도 하
       나 구해야겠어. 손이 모자라 죽겠어.
윤지   진작 구할 걸 그랬다. 엄마 혼자 하는 건 아무래도 힘들지.
해진   그래도 옛날엔 할만 했어. 지금은 나이를 먹어서 그렇지.

윤지는 가족사진과 달력이 걸린 벽에서 눈을 떼지 않는다. 해진은 그런 윤지를 힐끔힐끔 쳐다본다.

윤지   집에 되게 오랜만에 왔는데 변한 게 없네. 다 그대로야.

윤지의 말에 갑자기 멈추는 해진의 손. 해진은 굳은 표정으로 급히 냉장고로 향한다. 문을 열고는 몸을 숨기듯 반쯤 집어넣고는 냉장고를 뒤적거린다.

해진   (머뭇거리다가) 변하고 말고 할 게 뭐 있어.
윤지   그래도. 하나도 달라진 게 없어서.
해진   다 그대로야. 달라진 건 없어. (중얼거리듯) 달라진 건 없어.

한참을 더 뒤적거리다 냉장고 문을 닫은 해진의 손에는 고기 팩이 들려있다. 해진은 인덕션 앞으로 향한다.

해진　　그냥 스테이크 지금 굽자. 생각해보니까 너 좋아하는 드레싱
　　　　사는 걸 까먹었어.
윤지　　나 그냥 있는 거 먹어도 괜찮아. 고기 안 구워도 돼.
해진　　(단호하게) 아냐, 아냐. 금방 구워. 앉아있어. 너 배고프잖아.

해진의 기분은 전과 달리 가라앉아있다. 윤지는 그런 해진에게 다가온다.
해진은 찬장을 뒤져 꺼낸 와인 한 병과 잔 두 개를 윤지에게 건넨다. 그것
들을 식탁 위로 가져가는 윤지. 해진은 고기를 굽기 시작한다.

윤지　　(장난스러운 투로) 근데 엄마, 누구 만나?
해진　　내가? 누굴?
윤지　　아니, 뭐, 남자?
해진　　얘는. 무슨 남자야.
윤지　　만나는 사람 진짜 없어?
해진　　(웃으며) 아무도 없어요. 근데 왜?
윤지　　그냥. 가만 보니 엄마 머리가 조금 바뀐 거 같아서.

다시 싱크대 근처로 돌아오던 윤지는 갑자기 해진의 등을 껴안는다. 등에
코를 박고는 크게 숨을 들이마시고 내쉬기를 반복하는 윤지.

윤지　　냄새도 조금 바뀐 거 같고.
해진　　무슨 냄새?
윤지　　있어, 엄마 냄새. 엄마 생각나는 냄새.
해진　　좋은 거지?

해진과 윤지, 마주 보고는 웃음을 터뜨린다.

윤지	가끔 괜찮은 사람 있으면 만나기도 하고 그래. 혼자 있으면 외롭잖아.
해진	뭐가 외로워. 너 있는데.
윤지	그래도. 난 맨날 함께 있어 줄 수 없잖아.
해진	됐네요. 그렇게 엄마가 걱정되면 연락 좀 자주 해. 자주 찾아오고.
윤지	(미안한 듯 웃으며) 힘든 거 알잖아.
해진	(조금 원망스러운 투로) 그래도 그렇지. 어떻게 전화 한 통을 안 하고, 집 한 번을 안 찾아와. (애써 분위기를 바꾸며) 너 엄마한테 좀 너무한 거 아냐?
윤지	미안. 미안해, 엄마.

어딘가 미안한 표정의 윤지는 해진을 놓아주고 해진은 다시 고기를 굽는 일에 집중한다. 불을 조절하고, 팬을 만지작거린다. 이를 지켜보던 윤지는 손목시계를 확인한다. 윤지가 시계를 확인할 때마다 현관문 위에 시간이 띄워진다. 11시 33분이다.

해진	내가 오늘 저녁 차린다고 얼마나 골치를 썩였는지 알아? 간만에 집에 오는 건데, 왔을 때 잘 먹이고 싶어서. 오죽하면 이십 년 만에 처음으로 요리학원에 다녔어야 했나 생각했다니까.
윤지	에이. 엄마 요리 잘하는 거 동네 사람들도 다 아는데, 뭘.
해진	매번 하는 것밖에 못 하니까.
윤지	아랫집 아주머니도 맨날 엄마 김치 맛있다고 그랬잖아. 반찬도 다 맛있다고 그러고.
해진	(못마땅한 투로) 그 양반 단골 자리 던진 지 꽤 됐어. 컬도 별로고 파마 값이 길 건너보다 비싸다나 뭐라나.

윤지   (눈에 띄게 놀라며) 진짜? 그래서?

해진   (우스꽝스러운 목소리로 과장되게) 내가 그랬지. 거기 가서 하세요, 그럼. 나는 부끄럽게 장사한 적 없고 지금도 마찬가집니다.

몸집을 부풀리듯 어깨를 세우며 장난스럽게 말을 하는 해진에 윤지는 허리까지 굽히며 웃음을 터뜨린다. 그 모습이 작위적이라고 느껴질 만큼 그들은 매우 즐거워한다.

윤지   엄마는 진짜. 변한 게 없어.

해진   내가 변했으면 좋겠어?

윤지   (잠시 고민하다) 아니. 그냥. 엄마는 엄마였으면 좋겠어.

해진   싱겁다, 싱거워.

그사이 다 구워진 고기. 해진이 손짓하자 윤지가 접시를 건넨다. 각자의 접시를 들고 그들은 식탁으로 간다. 식탁 위에 접시를 내려놓고 차례로 앉는다. 힐끔 시계를 보는 윤지. 해진은 이를 보지 못한다.

해진   많이 먹어. 이거 다 먹고 가.

윤지   (어이없다는 듯이 웃으며) 그럼 집에 못 가는데?

해진   안 가면 되지? 오랜만에 온 김에 자고 가.

윤지   (잔잔하게 미소 지으며) 안 돼. 가봐야 해.

윤지는 코르크를 빼서 해진의 잔에 와인을 따른다. 포크로 접시를 툭툭 건드리던 해진은 작게 칼질을 해 고기 맛을 본다.

해진   (눌린 목소리로) 읍.

윤지   왜 그래?

갑자기 고개를 숙이며 손에 고기를 뱉는 해진. 윤지가 의아한 얼굴로 걱
정스럽게 바라보지만, 해진은 싱크대로 뛰어가 물로 입을 헹궈내는 데 집
중한다.

윤지   왜 그래? 뭐 잘못 씹은 거야?
해진   (한참 물로 입을 헹구다가) 고기 먹지 마. 딴 거부터 먹고 있어. 이
       거 조금 더 해야겠다.
윤지   왜? 맛없어?
해진   (당황하며) 너무 덜 익었나 봐. 고기 날내가 되게 심하다. 먹지
       마, 먹지 마. 다시 해줄게.
윤지   냄새 많이 나? 아예 못 먹을 정도야?
해진   아냐, 아냐. 내가 버터를 덜 썼나 봐. 버터 좀 더 넣으면 될 거야.

식탁으로 돌아온 해진은 윤지의 접시까지 집어 들고는 조리대로 향한다.
뻣뻣하게 굳은 해진의 표정. 팬을 다시 불 위에 올려놓는 해진. 묘하게
날이 서 있다. 다시 한번 손목시계를 바라보는 윤지. 해진은 '버터'를 중얼
거리며 냉장고로 향한다. 윤지는 냉장고 속에 반쯤 파묻힌 해진의 모습을
가만히 서서 바라본다.

해진   (갑자기 몸을 윤지 쪽으로 휙 돌리며) 아니, 비싼 거로 달라고. 내가
       오랜만에 딸 오니까 고기 좋은 거로 줘야 한다고 계속 말했다
       고. (돈을 내듯 손에 쥔 버터를 허공에서 흔들며) 근데 한두 푼 받은
       것도 아니고, 이런 그지 같은 고기를 주면 어떡해.
윤지   (달래듯이) 그냥 끝에만 조금 그런 거 아니야? 냄새나는 거 같다

80

가도 먹다 보면 괜찮을 때도 있잖아.

해진　(터무니없다는 듯) 그 정도 수준이 아니야. 꽤 오래 구석에서 썩었다 나온 냄새라니까? 오래 사 먹었다고 믿었는데 진짜 너무하네, 그 양반. 어떻게 이런 걸 판다고 내놔?

윤지　(고깃덩이들을 가리키며) 그럼 이건 어떡해? 버려?

윤지의 말에 갑자기 꿈에서 깨어나듯 해진의 흥분은 천천히 사그라진다. 부산스럽던 그의 행동과 씩씩거리던 말투는 사라지고, 무대 위에는 점점 차분해지는 해진의 숨소리만 남는다.

해진　(차분하게) 아냐, 살릴 수 있어. 요리 한두 해 하니.

윤지　(무미건조하게) 진짜?

해진　(결연하게) 그럼. 할 수 있어. 버터 많이 넣은 음식 중에 맛없는 거 못 봤어.

해진은 조리대로 향한다. 버터를 듬뿍 덜어 넣고는 고기를 다시 데운다. 윤지는 그 모습을 바라보다가 시간을 확인하고는 액자로 다시 시선을 돌린다.

윤지　(사진을 가리키며) 이 사진 잘 나왔다. 이거 찍었을 때가 3년 전이지, 아마.

해진　그렇지.

윤지　벌써 그렇게 됐네. 엄마 이때 진짜 예뻤는데.

해진　뭘 예뻐. 네 립스틱 발라봤다가 입술만 동동 뜨고.

윤지　(웃음을 터뜨리며) 아, 맞아. 엄마는 레드는 진짜 아니야. 나는 핑크가 안 어울리는데, 엄마한테는 그게 찰떡이지. 그러고 보니 사진 속이랑 같은 옷이네?

가족사진과 같은 옷을 입고 있는 해진. 해진은 알지 못했다는 표정으로
자신의 옷과 사진을 번갈아 본다.

윤지   한동안 못 본 옷이라 버렸나 했는데.

해진   (한참 말을 고르다) 그러게. 몰랐네. (옷자락을 만지작거리며) 같은
       옷이네.

윤지   난 이 옷 좋아. 엄마한테 잘 어울려.

해진   이 옷이?

윤지   응.

해진은 말없이 팬만 만지작거린다. 어딘가 불편한 표정이다.

해진   다 됐어.

윤지   (접시를 집으며) 접시?

해진   응. 가서 앉아있어.

윤지   아냐. 내가 들고 갈게.

해진   됐어.

접시를 두 개 다 들고 식탁으로 가는 해진. 윤지는 그 뒤를 따라 자리에
앉는다. 해진은 윤지 앞에 접시를 내려놓는다.

윤지   (숨을 들이마시며) 버터 향 진짜 좋다. 진짜 다르긴 다르네.

해진   이젠 냄새 안 날 거야. 먹어 봐.

윤지   꼭 사 먹는 거 같아.

해진 (전보단 확신에 찬 목소리로) 그럼. 파는 것보다 훨씬 나을걸?

윤지는 웃으며 다시 와인 잔을 쥔다. 윤지가 와인을 한 모금 마시자마자 해진은 고깃덩어리를 입안에 넣는다.

해진 (입을 막으며) 욱.
윤지 (놀라며) 왜 그래? 또 냄새나?
해진 (고개를 숙이곤) 휴지, 휴지.

식탁 위엔 휴지가 없다. 자리에서 벌떡 일어난 해진은 싱크대로 뛰어가 헛구역질을 한다.

윤지 (해진에게 달려가며) 엄마. 괜찮아? 왜 그래?

계속 헛구역질을 하던 해진. 물을 마시며 두어 번 입을 헹구고 나서는 곧장 식탁으로 돌아간다.

해진 (양손에 접시를 쥐고선) 먹지 마. 냄새가 그대로야.
윤지 아니, 어떻길래 그래? 그렇게 심해?
해진 (사이) 뭔가 잘못됐어. 이게 아니야. 이렇게 구우면 안 됐어.
윤지 (답답한 듯) 엄마?
해진 (팬 위로 고기를 다시 쏟으며) 아냐, 아냐. 별거 아냐. 양념 때문인가 봐.
윤지 그렇게 심하면 그냥 딴 거 먹자. 나 고기 안 먹어도 돼.
해진 아냐, 아냐. 아냐. 다시 하면 돼.
윤지 벌써 두 번째야.

해진   로즈마리. 로즈마리면 돼. 그거면 다 돼.

윤지   (단호하게) 엄마.

해진   (중얼거리듯이) 로즈마리. 로즈마리. 로즈마리.

갑자기 찬장을 열고선 마구 뒤지기 시작하는 해진. 물건들이 우수수 떨어
진다. 주로 레토르트 식품들이다. 하나하나 주워 품에 담을수록 굳어지는
윤지의 표정.

윤지   (식품들을 주우며) 죄다 레토르트잖아. 이런 거 많이 먹으면 몸에
        안 좋아.

해진   (들리지 않는 것처럼) 아이, 로즈마리. 어디에 뒀지? 그것만 찾으
        면 되는데.

윤지   엄마.

해진   (반갑게) 어, 찾았다. 여기 있었네.

윤지의 부름은 들은 체도 안 하며 로즈마리를 팬 위에 쏟아붓는다. 윤지
는 다시 물건들을 주워 찬장을 채워 넣기 시작한다. 손목을 들어 시계를
확인하는 윤지. 시간은 어느새 11시 45분으로 바뀌어 있다. 시간을 확인
하던 윤지와 갑자기 눈이 마주친 해진.

해진   (윤지의 품 안에서 음식들을 뺏어가며) 자리로 돌아가.

윤지   아냐, 도와줄게.

해진   (단호하게) 됐어. 앉아있어.

결국, 식탁에 앉는 윤지. 해진의 뒷모습을 바라보다 손목을 들어 다시 시
간을 확인한다. 그런 윤지를 본 해진은 다급하게 말을 시작한다.

84

해진 이번 크리스마스 땐 집에 올 거지?

윤지 (사이) 힘들 것 같아. 연말이잖아.

해진 그럼 설날엔?

윤지 (머뭇거리다가) 아마, 그때도.

해진은 무슨 말을 하려는 듯 머뭇거리다가 팬 쪽으로 몸을 돌린다. 한참 팬을 만지작거리던 해진은 다시 몸을 돌려 윤지를 바라본다. 이때 윤지는 다시 손목을 들어 시계를 보고 있다. 갑자기 고함치듯 말을 뱉는 해진.

해진 (빠르게) 넌 늘 그런 식이야. 난 언제나 뒷전이지. 너한테 난 중요하지도 않아.

윤지 그게 무슨 말이야.

해진 (단호하게) 아니, 넌 그랬어. 무슨 약속이, 일이 그렇게 많은지 허구한 날 밖에 있고 밤늦게 들어오고. 요즘도 그래. 찾아오지도 않으면서 연락 한 번을 안 하잖아. 이 집에 혼자 남겨진 내 생각은 조금도 하지 않잖아!

윤지 (안절부절못하며) 엄마, 일단 진정해. 지금 너무 흥분했어.

해진 너 나한테 너무 소홀해.

윤지 그러려던 거 아니었고, 지금껏 그런 적도 없었어. 엄마도 알잖아.

해진 알지, 알지! 내가 널 번거롭게 만들고 방해하고 있으니까. 사실 내 잘못인 거야. 내 문제인 거라고.

윤지 (시계를 곁눈질로 확인하며) 미안해. 그렇게 느꼈다면 내가 미안해.

해진 (더 큰 목소리로) 그게 날 더 미치게 만들어! 내가 너한테 목을 매고 있다는 생각이 드는 게! 내가 결국 네게 짐이 된다는 게 견딜 수가 없다고!

악에 받친 해진의 목소리는 무대를 가득 메운다. 이때 갑자기 인덕션의 온도 조절 경보음이 울린다. 해진과 윤지의 관심은 꺼진 인덕션으로 모인다. 팬 속의 고기는 이미 다 타버렸다. 해진과 윤지 사이에는 힘이 빠진 호흡만이 오고 간다.

윤지   (사이) 다 타버렸네.
해진   (힘없이) 그러네.
윤지   버려야겠지?

해진은 말없이 고기를 응시한다. 윤지가 시간을 확인한다. 시간은 어느새 11시 49분이다.

해진   (고기의 냄새를 맡으며) 아냐. 탄 부분만 조금 잘라내면 돼. 나머지 먹을 수 있을 거야.
윤지   그럼 반 이상을 버려야 할지도 몰라.
해진   (사이) 생각보다 맛있을 수도 있지.
윤지   (의미를 알 수 없는 표정으로) 정말?

가위를 찾는 해진의 손을 잡는 윤지. 해진은 순간 굳은 얼굴로 윤지가 잡은 자신의 손을 바라본다. 제법 큰 소리로 숨을 고르는 해진. 고기를 단숨에 쓰레기통에 버린다.

윤지   엄마.

해진은 바닥에 주저앉아 숨을 헐떡이기 시작한다. 윤지는 그를 걱정스러운 눈으로 지켜보지만, 아무것도 하지 않는다. 해진의 호흡이 고르게 변하고, 그의 힘으로 다시 일어날 때까지 그저 곁을 지킨다.

해진　(억지로 지은 웃음을 지으며) 냉장고에 고기는 많아. 다시 하면 되지. 다시.

윤지　괜찮아. 있는 거 먹어도 돼.

해진　아냐. 이번엔 맛있게 할 수 있어. 아까랑 다른 부위고, 애가 더 맛있는 거야.

씩씩한 걸음으로 냉장고로 간 해진은 냉장고를 뒤져 고기를 찾아낸다. 큰 덩이의 붉은 고기를 한 손에 가득 쥐지만, 금세 해진을 따라온 윤지의 손에 고기를 빼앗긴다. 작은 실랑이를 벌이는 해진과 윤지. 그러나 해진은 윤지에게서 고기를 빼앗지 못한다. 해진은 허망한 얼굴로 윤지를 바라본다.

해진　(다시 인덕션 쪽으로 향하며) 그럼 파스타 해 먹자. 너 토마토소스에 해산물 잔뜩 들어간 거 좋아하잖아.

윤지　집에 해산물 없잖아. 소스도 없고.

해진　(찬장을 열며) 아냐. 냉동실 뒤져보면 나올 거야. 소스는 찬장에 있어.

윤지　(시계를 확인하며) 오래됐잖아. 못 먹어, 이젠.

해진은 꿋꿋하게 찬장을 뒤진다. 찬장을 가득 채우고 있는 물건들이 다시 우수수 떨어진다. 바닥에 흩뿌려지는 레토르트 식품들. 윤지는 해진의 두 팔을 끌어안아 행동을 저지한다.

윤지　엄마. 나 파스타 안 먹어도 괜찮아. 별로 안 먹고 싶어.

해진　아냐. 놔봐. 찾을 수 있어. 금방 한다니까?

해진은 윤지의 품속에서 벗어나기 위해 강하게 저항한다. 겨우 빠져나온 해진. 다시 찬장 속을 헤집기 시작한다. 조금 전보다 훨씬 빠르고 거친 몸짓이다.

해진   (아무 일도 없다는 듯) 그냥 하면 되는데 너는 왜 호들갑을 떠니.
윤지   엄마, 인제 그만해도 돼.
해진   (매우 흥분한 투로) 왜? 나는 이 식사를 완벽하게 만들 거야. 오늘 저녁은 최고의 만찬이 되어야 한다고! 내가 그렇게 만들 거야. 내가 그렇게 할 거라고!

찬장을 뒤집어 놓는 해진의 손길에 봉지 입구가 열려있던 파스타 면이 바닥에 잔뜩 흩뿌려진다. 순간 윤지와 해진의 시선이 모두 모인다.

해진   다른 거 먹자.
윤지   엄마.
해진   (아무렇지 않은 척하며) 그럼 해먹을 수 있는 게 뭐가 있지.
윤지   엄마.
해진   집에 새우가 있었나. 냉동실 뒤져 보면 나올 거 같은데.
윤지   엄마.
해진   근데 마늘이 간마늘밖에 없는데. 편마늘이 필요하잖아. 네가 좋아하는 그, 뭐지, 그거 하려면.
윤지   (힘주어 꾹꾹 눌러 말하며) 엄마.
해진   그거 말고 다른 거 할까? (냉장고 쪽으로 향하며) 냉장고에 뭐가 있는지를 알아야지.
윤지   (한숨 쉬듯) 엄마.
해진   (우뚝 멈추어 서며) 엄마. 엄마. 엄마! 제발, 엄마 소리 좀 그만해!

해진은 윤지에게 다가가 손목시계를 풀어 던진다. 현관 위엔 11시 56분이라고 띄워져 있다.

해진　너는 나와 함께 있는 게 즐겁지 않니? 행복하지 않아? 이곳에 들어선 순간부터! (울음을 터뜨리며) 지금까지도 넌 떠날 궁리만 하고 있어. 이곳에서 탈출할 생각만 한다고!

윤지　곧 가봐야 하니까. (건조한 투로) 시간이 다 됐어.

해진　(갑자기 울음을 멈추고 윤지에게 매달리며) 얘는, 어딜 간다고 그래. 해놓은 거 한 입도 안 먹었잖아. 이따가 보내줄게. 응? 밥 한 끼만 먹고 가. 오늘 저녁 한 끼만 먹고 가, 엄마랑. 응?

윤지　(조금 동요하다가) 시간이 없어. 미안해.

해진　(윤지를 억지로 식탁으로 잡아끌며) 앉아, 앉아. 우리 밥 먹자. 응? 윤지야, 제발.

말을 다 마치지 못한 해진은 윤지의 손을 잡고 통곡하기 시작한다. 해진의 옆에 서서 이를 바라보는 윤지.

윤지　(감정을 애써 누르며) 엄마가 그토록 기다리는 32일은 오지 않을 거야. 엄마가 얼마를 기다리든 그날은 오지 않아. 애초에 (사이) 그런 날은 없으니까.

해진　(원망스럽게 쳐다보며) 왜 그런 말을 해. 네가! 그런 말을 나한테 어떻게 해! 너는 내 딸이잖아. 내 뱃속에 나왔잖아! 그런데 날 떠난다는 말을, 어떻게 그런 잔인한 말을, 그렇게 태연하게 해!

윤지　(느리지만 또렷하게) 적어도 나는 꼭 해야 하는 말이니까. 엄마를 위해서. 우리를 위해서.

해진　(넋이 나간 채로 중얼거리며) 어떻게, 그래도. 어떻게.

윤지의 손을 놓친 해진은 힘이 빠져 그대로 바닥에 엎드린다. 이를 곁에서 지켜보던 윤지는 와인 병과 잔 두 개를 가져온다.

윤지   (다정하게) 고기 오래된 거니까 먹지 말고 그냥 버려. 파스타 면도 뜯어놓은 상태 그대로잖아. 개봉한 상태로 오래 두면 못 먹는 거 알면서. (해진의 등을 천천히 토닥이며) 달력도 바꿔야겠다. 이제 11월이니까.

해진의 울음소리는 잦아들었지만, 몸은 미동도 없다. 윤지는 해진의 등을 어루만지다가 등 위에 엎드린다. 해진이 못다 한 말을 들어주듯 윤지의 오른쪽 귀는 등과 맞닿아 있다.

윤지   (울음을 참는 목소리로) 미안해.

윤지가 몸을 일으키자 해진은 천천히 일어나 윤지와 눈을 맞춘다. 잔에 와인을 따르는 윤지. 해진은 자신에게 건네진 잔을 조심스레 받아든다.

윤지   (미소를 지으며) 고마워. (잔을 내밀며) 올해도.

맑은 소리를 내며 부딪치는 두 개의 잔. 자리에서 일어나는 윤지를 따라 일어나는 해진. 윤지는 바닥에 던져진 시계를 주워 시간을 본다. 11시 58분. 해진은 무대 끝 쪽으로 비틀비틀 걸어 나온다. 해진에게 비치는 조명.

해진   (객석의 먼 곳을 응시하며) 생일에도 야근을 시키는 회사가 어디에 있냐고 했어요. 너무하다고. 정도 없다고 그랬어요, 제가. 그랬는데 (사이) 6시 반쯤 연락이 왔어요. 일이 일찍 끝났다고. 생일이란 걸 알았는지 그냥 기분이 좋았는지 과장이 일찍 가라고 했대요. 어찌나 기쁜 목소리로 얘기하던지 덩달아 나도 들떠서 장사를 일찍 접었어요. (황홀한 꿈을 꾸는 것처럼) 맛있는 거 먹고 오랜만에 얘기나 나누려고 했죠.

윤지　(시계를 두 손으로 꼭 쥐며) 꼭 전해주고 싶었어.

해진　(갑자기 꿈에서 깬 사람처럼) 그런데 그게 마지막이었어요. 양손 무겁게 집으로 돌아가는데 전화가 울리는 거예요. 나중에 받으려고 계속 걸어가는데 쉼 없이 울리더라고요. 울고 있었어요. 제발 받으라고, 받아야 한다고, 벨이 소리 내서 울고 있었어요. 근데 나는 그걸 몰랐어.

윤지　(해진에게 다가가며) 말해주고 싶었어.

해진　가끔 생각해요. 제가 전화를 일찍 받았다면 달라지는 게 있었을까? (허탈하게) 꼬박 반년 만에 겨우 얼굴 보는 거였어요. (얼굴을 쓸어내리며) 그게 나였다면, 차라리 나였으면 좋겠다고 매일 생각했어요.

윤지　엄마의 시간은

해진　나의 시간을 주고 싶다고요.

윤지　계속 흘러가야 한다고.

해진　(감정을 터뜨리며) 겨우 28살이었어요. 그토록 바라던 곳에 입사해서 이제 막 꿈을 펼칠 때였다고요. 한창 아름답고 눈이 부실 때였단 말이에요! 어떻게 처음 세상의 빛을 보았던 날, 그 빛을 다시 앗아가 버릴 수가 있어요? 왜 하필 우리 애였

윤지　(해진의 말을 끊으며) 엄마에게 꼭 알려주고 싶었어.

윤지는 해진의 손에 반쯤 깨진 시계를 쥐어 준다. 쫙 핀 손바닥 위에 놓인 시계를 가만히 들여다보는 해진. 윤지는 그런 해진을 바라보다 현관문 쪽

으로 발걸음을 옮긴다.

윤지   엄마.

해진은 시계에서 눈을 떼 윤지를 바라본다. 웃고 있는 윤지와는 달리 해진의 표정에는 원망과 슬픔, 애원이 뒤섞여있다.

윤지   (해진과 눈을 맞추며) 갈게.

해진에게 미소를 지으며 고개를 한번 끄덕여준 윤지는 망설임 없이 문밖으로 퇴장한다. 문은 윤지가 등장하기 전처럼 조금 열려있다. 그 위에 12시를 알리는 시계. 해진은 문을 응시하다 허리를 굽혀 숨을 몰아쉰다. 해진의 호흡엔 이상한 쇳소리가 섞여 나온다. 한참 숨을 고르던 해진은 갑자기 무엇에 쫓기듯이 부엌을 정리하기 시작한다. 식탁을 비우고 엉망이 된 바닥을 치운다. 이때 갑자기 울리는 초인종 소리. 해진은 현관문 밖으로 퇴장한다.
피자 박스를 들고 부엌으로 다시 들어온 해진. 이제 현관문은 완전히 닫혔다. 뚜껑을 열고 물끄러미 피자를 바라보던 해진. 이내 한 조각을 집어 입속으로 밀어 넣기 시작한다. 해진은 우적우적 피자를 씹는다. 아주 오랫동안, 공을 들여서.

막.

아직도 당선 소식을 듣던 오후의 공기가 제 주위에 머무르는 것 같습니다. 목소리를 갖고, 말을 하고, 대화를 나눈다는 것에 감사하던 날들이었습니다. 지금은 그것만으로도 충분하다고 생각했습니다. 저의 서투른 이야기가 세상 밖으로 나올 기회를 주신 심사위원 선생님들께 진심으로 감사드립니다.

흐릿하던 시야에 선과 색을 더할 수 있도록 배움을 선물해주신 명지전문대 문예창작과 교수님들께 감사를 전하고 싶습니다. 특히 부족한 제게 조언과 격려를 해주신 전성희 교수님께 감사드립니다. 글을 쓰는 사람들은 사람을 사랑하는 사람들이라고, 사랑하기에 글을 쓰는 것이라고 말씀해주시던 재작년의 봄을 지나 이곳에 올 수 있었습니다.

글을 쓰는 사람이 되고 싶다는 이야기를 하던 어린 시절부터 지금까지 한결같은 사랑과 믿음으로 저를 지지해주신 가족들, 말을 하지 않아도 제 그늘까지도 알아봐 주는 벗들, 켜켜이 쌓인 시간 위로 다정한 눈짓을 건네는 문우들. 모두 감사합니다. 제게 내어주신 마음들에 기대어 하루 더 쓸 수 있었습니다.

잊지 않겠다는 말을 습관처럼 하곤 합니다. 망각을 두려워하는 일은 어렵지 않지만, 슬픔을 마주하는 일은 언제나 힘이 듭니다. 늘 남겨진 이들이 어떤 얼굴로 살아가는지, 어떤 시도와 실패 속에 내일을 맞이하는지 담아내고 싶었습니다. 그 속에서 우리가 함께 위로를 발견할 수 있길 바랍니다. 저의 언어가 우리의 기억이 될 수 있으면 좋겠습니다.

게으르게 쓰지 않겠습니다. 조금은 믿어보겠습니다. 정말 감사합니다.

■ 심사평

　1차 심사에서 5편이 선정되었다. 희곡 '32일의 식탁', '단 하루', '택배가 온다', '현수막: Colorful Daegu', 시나리오 '표절시비'가 바로 그것이다. '현수막: Colorful Daegu'는 지역 사회에 대한 알레고리와 사회 풍자가 나름대로 의미가 있다고 판단되었으나, 구성의 혼란과 캐릭터 창조의 미흡 등으로 탈락되었다. 시나리오 '표절시비'는 비교적 성공한 성격 창조와 구성의 완결성 등이 인정되었으나, 작가로서 사회를 바라보는 깊은 시선 등이 엿보이지 않고 단순한 사건 전개 등으로 본격적인 논의에서 제외되었다.

　최종 본심에 오른 세 편의 작품은 공통적으로 단막극의 전형적인 형태를 가지고 있었다. 즉 단 하나의 공간에서 최소화된 인물, 그리고 반전으로 인한 예상치 못한 결말 등이 바로 그것이다. 또한 세 편의 작품 모두 현실의 공간에서 오늘날의 사회 모습을 적나라하게 보여주면서도, 작가로서 자기 나름대로 철학과 전망을 가지고 인물 창조와 결말을 맺고 있다. 이는 세 작품의 작가 모두가 한 명의 희곡작가로 자질을 갖추고 있다는 것을 의미한다. 그러나 동시에 세 편의 작품 모두가 벌써 전형화된 틀을 답습하였다는 것도 의미한다. 때문에 세 편의 작가들은 앞으로 자기만의 깊은 성찰을 통하여 개성과 창의성을 갖출 필요가 있다.

　그리하여 최종 당선작 '32일의 식탁'은 희곡으로 갖춰져야 할 중요한 덕목, 즉 연극성에 주목하여 선정하였다. 특히 극중 엄마 역인 해진이라는 캐릭터가 보여줄 연기에 대한 기대감이 컸다. 딸을 잃어버린 상실감에 모든 것이 망가진 중년 여인의 절규와 애타는 집착을 무대 위에서 발견하는 극적 매력이 있을 것이라고 판단하였다. 그러나 불분명한 딸의 죽음과 성급한 결말 등은 다시 고민해봐야 할 지점이다.

　사족. 원고지 80매 안팎을 지키길 권한다. 그것은 신인작가로서 자질을 파악하는데 중요하다. 평소 써두었던 100매 이상의 작품들 여러 편을 마구 투척(?)하는 것은 신인작가를 찾는 신문사와 심사위원들의 진지한 노력에 대한 예의가 아니다.

최현묵(극작가 · 대구문화예술회관장), 박근형(한국예술종합대학 연극원 연출과 교수)

부산일보 희곡 부문 당선작

마지막 헹굼 시 유연제를 사용할 것

■

연지아

1991년 출생
한국예술종합학교 연극원 극작과 졸업
창작집단 혜윰 대표
제21회 신작희곡페스티벌 당선

등장인물

희지 23세 작가 지망생

윤선 50대 주부

주인 60대 코인세탁소 주인

때

현대

장소

코인세탁소

무대

무대 위 세 대의 드럼 세탁기가 있다.

각각 소형, 중형, 대형으로 크기가 다르다.

세탁기 옆에는 두 대의 건조기가 있다.

세탁기 혹은 건조기 주변에 동전교환기가 있다.

세탁이 되는 동안 앉을 수 있는 의자 여러 개와

긴 테이블이 있다.

#1

자정 무렵, 아무도 없는 코인 세탁소.
고요한 가운데 희지가 세탁소 안으로 들어간다.
세탁소 안을 둘러보는 희지.
세탁기를 골라 뚜껑을 열고 세탁물을 넣기 시작한다.

소리   동전을 넣어주세요.

희지, 세탁물을 다 넣고 뚜껑을 닫는다.
주머니에 손을 넣어 동전을 꺼내려 하는데 동전이 없다.
반대쪽 주머니에 손을 넣어보니 5000원짜리 지폐가 나온다.
동전 교환기에 다가가는 희지.
교환기에는 '고장' 두 글자가 적힌 종이가 붙어 있다.

희지   맨날 고장이야.

희지, 핸드폰으로 시계를 본다.

희지   집 갔다 오면 너무 늦는데...

희지, 세탁기 뚜껑을 열고 세탁물을 다시 꺼낼까 말까 고민한다.

소리   동전을 넣어주세요.
희지   잠시만...
소리   동전을 넣어주세요.

희지   에이씨.

다시 세탁기 뚜껑을 닫는 희지.
그때, 세탁소에 빨래 가방을 들고 들어오는 윤선.
희지를 보고 어색하게 서 있다가 세탁기를 고른 뒤 또 다시 어색하게 선다.

짧은 사이.

희지, 윤선에게 조심스레 다가간다.

희지   도와드릴까요?

윤선, 조금 놀라며 희지를 본다.

희지   처음 오신 것 같아서요.
윤선   (주저하며) 아... 그게...
희지   네?
윤선   아니에요.
희지   아...

희지, 민망한 듯 웃으며 자신의 세탁기 앞으로 가려는데
윤선, 희지를 잡는다.

윤선   그냥... 아무데나 쓰면 되나요?
희지   가져오신 빨래 양에 따라서 세탁기를 선택하고 넣으시면 돼요.
윤선   아... 감사합니다.

| 희지 | 아녜요. 혹시 세제는 가져오셨나요? |
| 윤선 | 가져와야 하나요? |

희지, 자신의 빨래 가방으로 다가가 세제를 꺼낸다.

| 희지 | 없으면 제 꺼 쓰세요. 자판기에서 사도 되는데 좀 비싸더라고요. |

윤선, 희지를 물끄러미 본다.

희지	전 오늘 안 쓸 거라 괜찮아요.
윤선	(희지의 세탁기를 가리키며) 아가씨 꺼 아니에요?
희지	맞긴 한데... (짧은 사이) 돈이 없어요. 아니... 정확히 말하자면 동전이 없어요.
윤선	얼마가 부족한데요?
희지	3000원이요. 제가 5000원짜리가 하나 있는데 (동전교환기를 가리키며) 저 모양이라... 오늘은 그냥 가야될 것 같아요.
윤선	드릴게요. 동전 많아요.
희지	네?
윤선	세제 샀다고 생각할게요.
희지	그래도 그건 좀... 이것보단 세제가 훨씬 싸요.
윤선	다음에 만나면 또 빌려주세요.

윤선, 주머니에서 동전을 꺼내 희지에게 건넨다.

| 희지 | 이래도 되나 싶은데... |

윤선   돼요.

희지   감사합니다.

       윤선, 세탁기에 빨래를 넣는다.

       윤선에게 받은 돈을 자신의 세탁기에 넣는 희지.

소리   (희지의 세탁기에서) 세탁을 시작합니다.

       세탁기 뚜껑을 닫은 뒤 주머니에서 돈을 꺼내 자신의 세탁기에 넣는 윤선.

소리   (윤선의 세탁기에서) 세탁을 시작합니다.

       윤선과 희지, 서로 마주보며 슬쩍 미소 짓는다.

#2

       며칠 후, 자정 무렵. 희지 혼자 세탁소 안에 있다.

       윤선이 사용했던 세탁기에 고장 표시가 되어 있다.

       희지, 고장 난 세탁기 앞을 기웃거린다.

희지   이것 봐. 또 고장이야.

       희지, 동전 교환기를 본다.

       교환기에 붙어 있던 고장 표시는 없다.

       희지, 세탁기 안에 세탁물을 넣고 동전을 넣는다.

소리   세탁을 시작합니다.

누군가를 기다리는 듯 자꾸만 입구를 바라보는 희지.
세탁 시간을 확인하고 의자에 앉는다.

희지   오늘은 안 오시나보네.

희지, 주머니에서 동전을 꺼내 손에 쥔다.

희지   (동전을 보며) 돈 갚아야 하는데...

희지, 동전을 다시 주머니에 넣는다.
멍하니 앉아 세탁기 안에서 돌아가는 세탁물을 바라본다.

짧은 사이.

희지의 핸드폰에 전화가 온다.
발신인을 확인하고 핸드폰을 덮어버리는 희지.

희지, 다시 세탁기 안에서 돌아가는 세탁물을 바라본다.

그때, 빨래 가방을 들고 세탁소에 들어오는 윤선.
검은 외투를 입고 있다.
희지, 윤선을 발견하고 반갑게 일어난다.
윤선, 조금 어색하게 희지에게 인사한다.

희지	오셨네요!
윤선	또 뵙네요.

윤선, 세탁기에 세탁물을 넣는다.
뚜껑을 닫고 어색하게 서 있자 윤선에게 다가가는 희지.

희지	잘 안 되나요?
윤선	여기... 유연제 넣을 때는 어떻게 해요? 멈추면 되나요? 저번에 못 넣고 빨아서 오늘은 넣으려고 하는데... 혹시 헹굼 때 멈췄다가 쓰면 또 돈 내야 하나 해서요.
희지	일시정지는 상관없어요.
윤선	다행이네요.
희지	근데 그냥 처음에 넣고 돌리면 되지 않아요?
윤선	뭘요?
희지	유연제요.
윤선	세제가 아니라 유연제를요?
희지	저는 항상 같이 넣고 돌렸는데.
윤선	지금도 그렇게 돌리고 있는 거예요?
희지	왜요?
윤선	섬유 유연제는 마지막 헹굼 때 넣는 거예요. 그 전에 넣으면 효과 없어요.
희지	정말요?
윤선	빨래하는 거 잘 모르겠으면 어머니께 여쭤 봐요. 그게 빨라요.
희지	같이 안 살아서...
윤선	자취하는구나.
희지	...그렇죠.

102

윤선	전화해요. 안부도 물을 겸. 좋아하실 거 같은데... 우리 딸도 그 렇게 가끔 전화해요. 나는 목소리도 듣고 너무 좋던데요? 엄마 마음은 다 똑같으니까. 물어봐요.
희지	그건 사람마다 다르죠. 저는 엄마랑 싸우는 게 싫어서 자취하 는 거거든요.
윤선	아... 미안해요.
희지	아녜요. 아무튼 감사합니다. 앞으론 마지막 헹굼 때 넣어봐야 겠어요.
윤선	(괜히 오버하며) 그래요. 그래야 옷감도 안 상하고 더 부드러워지 고 향기도 잘 나고 그렇거든요. 처음에 넣으면 다 씻겨 내려가 잖아요. 마지막 단계에서 넣어야 돼요. 좋은 마무리를 위해서.
희지	네, 감사합니다.

희지, 주머니에서 동전을 꺼내 윤선에게 준다.

희지	이건 전에 빌린 돈이에요.
윤선	아녜요. 세제 빌려 썼잖아요.
희지	빚지는 걸 싫어해서요.

윤선, 희지의 눈치를 살피다가 동전을 받는다.

| 윤선 | 괜찮은데... |

희지, 의자로 돌아가 앉는다.
윤선, 그런 희지를 바라보다가 기계에 동전을 넣는다.

소리	세탁을 시작합니다.

희지의 옆에 다가가 앉는 윤선.

윤선	미안해요.
희지	정말 괜찮은데 자꾸 미안하다고 하시면... 그게 더 미안한 일인 거 아시죠?
윤선	아... 미안... 아니...

희지, 윤선을 보고 웃는다.
윤선도 희지를 보며 웃는다.

윤선	우리 딸 생각이 나서 괜한 말을 한 것 같아요. 딸이 얼마 전에 결혼을 했거든요.
희지	축하드려요.
윤선	고마워요. 딸이 아가씨랑 나이가 비슷해요. 20대 초반? 중반이죠?
희지	스물셋이에요.
윤선	우리 딸보다는 두 살 어리네요.
희지	결혼을 일찍 하셨네요.
윤선	그러게 말이에요. 가끔은 도망치려고 빨리한 건가 싶기도 해요.
희지	네?
윤선	제가 딸을 너무 좋아했거든요.
희지	......
윤선	그래서인지 시집가고 연락이 뜸해요. 자기 딴엔 걱정 안 끼치고 혼자 잘 해보려고 하는 것 같은데... 이상하게 서운한 거 있

104

죠. 꼭 이젠 내가 쓸모없는 사람이 된 것 같고... 마음이 쓸쓸한
게...

희지   그건 아니에요. 쓸모없는 사람이라뇨...

윤선   기분이 그래요. 그냥... 기분이...

희지   큰 산을 넘으서서 그래요.

윤선, 희지를 바라본다.

희지   원래 인생에 있어서 큰 산을 넘게 되면 기쁘다가도 허탈해진대
요. 이젠 더 이상 뭘 해야 할지 모르겠고... 아주머니께선 딸을
위해 살아오셔서 그런 것 같아요. 그래서 따님이 독립해서 나
가니까 해야 할 일이 상실된 것처럼 느끼시는 거죠.

윤선   상실...

희지   고양이 키우시죠?

윤선   그걸 어떻게...

희지, 윤선의 외투에서 고양이털을 떼어 준다.

희지   이 친구는 아주머니를 기다리고, 아주머니를 보면서 행복해하
고 또 즐거워하면서 살고 있을 거예요.

윤선   고양이가 그르릉 그르릉 이런 소리를 낼 때가 있어요.

희지   행복을 소리로 표현할 수 있다는 게 너무 사랑스럽죠. 고양이
는 아주머니를 기다리고 있어요.

희지와 윤선, 말없이 돌아가는 세탁기를 바라본다.

윤선   고마워요.

윤선에게 미소 짓는 희지.
남은 세탁시간을 확인하러 세탁기에 갔다가
미처 세탁기에 넣지 못한 양말 한 짝을 빨래 가방에서 발견한다.

희지   (양말을 들고) 아...
윤선   아직 세탁 단계일 수도 있으니까 봐봐요.
희지   헹굼으로 넘어갔어요... 이걸 왜 못 봤지.
윤선   그럼 주세요. 나는 아직 세탁 단계니까.
희지   네?
윤선   멈추는 건 돈 안 들잖아요. 괜찮아요.

윤선, 희지 손에 든 양말을 가져가서 자신의 세탁물이 든 세탁기에 넣는다.

희지   감사해요.
윤선   나중에 다시 하려면 귀찮잖아요. 특히나 양말은 짝이 있는 건
        데.

세탁소 근처에서 작게 고양이 울음소리가 들린다.

희지   (소리를 듣고) 어?
윤선   들었죠?
희지   네. 아기 고양이 같아요.
윤선   잠시만요.

윤선, 세탁소 밖으로 나간다.

희지, 밖을 내다봤다가 자리에 앉아 세탁기 안에 돌아가는 세탁물을 가만히 본다.

잠시 후, 세탁소에 들어오는 윤선.

윤선 다행히 아프지는 않은 것 같아요.

희지 어미는 있었어요?

윤선 네. 어미 있는 쪽으로 달려갔어요.

희지 (웃으며) 귀엽네요.

윤선 맞아요. 근데 겁에 질려 있는 것 같았어요. 누가 괴롭힌 건 아닌지 조금 걱정 되는데...

희지 요즘 하도 이상한 사람들이 많잖아요. 괜히 고양이한테 화풀이하는 사람들이요.

윤선 쓰레기 봉지 터진 걸 고양이 탓하고 독약 먹이는 일도 비일비재해요.

희지 본인이 못난 걸 모르고 고양이한테 왜...

윤선 그러게요.

그때, 세탁소에 주인 들어온다.

희지와 윤선을 슬쩍 훑어보다가 고장 난 세탁기를 만진다.

주인 어이고. 잘 좀 쓸 것이지. 이걸 또 언제 불러서 고쳐.

희지와 윤선, 마주봤다가 주인을 본다.

주인 (희지에게) 학생. 이거 세탁기 좀 볼 줄 알아?

희지	저요?
주인	여기 학생이 학생 말고 더 있어?
희지	저 학생 아닌데요.
주인	학생이 아니야? 아무튼 좀 와 봐.

희지, 조금 불쾌한 듯 일어나서 주인에게 간다.

희지	무슨 일이신데요?
주인	아니, 이게 사실은 고장이 아니고 털 뭉치 같은 게 끼어서 그런 거거든. 내가 매번 청소를 할 순 없잖아. 맨날 여기 붙어 있는 것도 아니고.
희지	그래서 그냥 고장 표시를 해두신다고요?
주인	이거 청소하는 법 알아? 나는 자러가야 돼서 학생이 할 줄 알면 좀 해주고 가면 어떨까 하는데. 어차피 세탁 시간도 남았으니깐.
희지	전 몰라요. 그리고 그걸 왜 제가...
주인	(희지의 말 끊고) 뭐 어려운 것도 아니니까 그렇지. 요즘 젊은 것들은 해보지도 않고 모른다고 하네.
희지	(어이없는) 뭐라고요?
윤선	(화가 난) 아저씨.
주인	(화를 내며) 됐어. A/S 부를 거니까 상관 말어.

주인, 궁시렁 거리면서 세탁소를 나간다.

희지	뭐 저런 사람이 다 있어?

윤선과 희지, 화가 난 얼굴로 세탁소 문을 바라본다.

#3

세탁기 두 대에 고장 표시가 되어 있다.
고장 나지 않은 한 대의 세탁기가 작동 중이다.
윤선, 고양이 가방과 함께 의자에 앉아 전화를 받고 있다.

윤선　(전화하며) 반찬은 다 먹었고? 다 먹었으면 엄마가 더 챙겨주려
　　　고 그러지. 그저께 겉절이 담갔는데 갖다 줄까? (짧은 사이) 좀
　　　쉬엄쉬엄 해. 그러다가 병 나. 이제 엄마가 바로 챙겨주지도 못
　　　하는데... (짧은 사이) 알았어. 걱정 안 해. 아빠? 아빠도 괜찮아.
　　　요즘 고양이랑 잘 지내고 있지.

　　　윤선, 핸드폰으로 시계를 보더니 유연제를 들고 자리에서 일어난다.
　　　세탁기 뚜껑을 열고 유연제를 넣는다.

윤선　(전화하며) 이사 가기 전까진 입양 보내야지. 아직 좋은 주인이
　　　안 나타나네. 다른 애기들은 다 찾아서 떠났는데.

　　　세탁소에 희지가 빨래가방을 들고 들어온다.
　　　희지, 윤선에게 고개 숙여 인사한다.
　　　윤선, 희지에게 미소 지으며 인사한다.

윤선　(전화하며) 아쉽다니. 좋은 일인데 뭐가 아쉬워. 길에만 있었으면

계속 아팠을 거 아니야. 주인 만나서 행복해지면 얼마나 좋아.

희지, 세탁기를 찾지만 고장 표시가 없는 세탁기는 이미 윤선이 쓰고 있다.

윤선   (희지에게) 미안해요. 금방 끝날 거예요.
희지   (조용히) 아녜요. 할 일 하면서 기다리면 돼요.
윤선   (희지에게) 고마워요.

희지, 의자에 앉아 주머니에서 수첩을 꺼내 무언가 열심히 적기 시작한다.

윤선   (전화하며) 치즈랑 잠깐 나와 있어. 응? 코인세탁소. 세탁기가 고장 났거든. 어차피 이사 갈 거니까 거기서 새 거 사면 되겠다 싶어서. (짧은 사이) 신세대는 무슨. 엄마 그렇게 안 늙었거든? 됐다. 얼른 들어가. 신랑이랑 맥주 한 잔 한다며. 그래.

윤선, 전화를 끊고 희지에게 다가간다.

윤선   미안해요. 세탁기가 저렇게 두 대나 고장 나 있을 줄은 몰랐어요.
희지   아녜요. 저게 아주머니 잘못인가요? 주인아저씨가 게을러서 그렇지.
윤선   그래도...

희지, 열중해서 글을 쓴다.
윤선, 그런 희지를 물끄러미 본다.

윤선	뭐 쓰는지 물어봐도 돼요?
희지	소설이에요.
윤선	오, 작가예요?
희지	지망생이에요. 이제 신춘문예 공모 기간이라...
윤선	고생 많겠어요...
희지	...괜찮아요.
윤선	창작하는 게 얼마나 힘든 일이겠어요. 다 자기를 깎아서 하는 걸 텐데.
희지	이번엔 꼭 돼야 해요. 저번에 최종심에서 떨어졌었거든요.
윤선	부담이 되는 순간 일이 돼요.
희지	네?
윤선	창작하는 게 일이 되어 버리면 방법이 없어요. (짧은 사이) 딸이 미술을 했는데 정말 잘했어요. 그래서 항상 힘들다고 해도 넌 잘하니까 다음엔 잘 되겠지. 괜찮아. 그러고 말았죠. 그런 말을 듣고 싶었던 게 아닐 텐데. 그땐 딸한테 이렇게 말을 못해줬어요. (다정하게) 힘들었지? 정말 고생 많았다. 여기까지 그려내는 데 얼마나 노력했을까. 수고 많았어. (쓸쓸하게) 그러다보니 언젠가부터 그림 때문에 힘들거나 속상한 얘길 안 하더라고요.
희지	......
윤선	부담을 주고 일이 되게 한 건 주변 사람이었어요. 그것도 바로 가장 가까운 가족이.
희지	응원도 두렵고 그 반대여도 두려웠어요. 지금도 그렇고요.
윤선	그걸 몰라서 그래요. 마음은 같은데 표현 방법이 잘못된 걸 모르는 거죠.

세탁기에서 빨래가 다 되었다는 음악이 흐른다.

자리에서 일어나 세탁물을 꺼내 건조기에 집어넣는 윤선.

윤선   건조기에 먼저 돌리고 빨래하니까 확실히 털이 줄어들은 것 같아요.

희지   정말요?

윤선   (웃으며) 고마워요. 얼른 빨래 들고 오세요.

희지, 세탁물을 들고 와서 세탁기에 넣는다.
윤선, 건조기에 동전을 넣고 작동시킨다.

소리   건조를 시작합니다.

희지   유연제 향이 너무 좋아요.

윤선   그죠? 제가 제일 좋아하는 거예요.

희지   저는 빨래 널 때가 가장 좋아요. 유연제 향 때문에요. 웃기죠?

윤선   저도 그래요. 그래서 빨래 갤 때 향기가 많이 줄어들어 있으면 마음이 아파요.

희지   오! 저도요!

희지와 윤선, 마주보고 웃는다.
희지, 세탁기에 동전을 넣고 작동 시킨다.

소리   세탁을 시작합니다.

그때, 고양이 가방에서 고양이 울음소리가 난다.

희지   어? 고양이 소리 나요.

| 윤선 | 깼나 보네. |

윤선, 고양이 가방을 들고 와서 희지에게 보여준다.

희지	와, 대박 너무 귀여워요. 이름이 뭐예요?
윤선	치즈예요. 곧 다른 이름이 되겠지만요.
희지	네? 왜요?
윤선	임시 보호 중이거든요. 길 고양이었는데 어미 잃고 혼자 있길래 집에 데려왔어요. 주인이 생기면 아마 이름이 바뀌겠죠.
희지	아쉽지 않으세요?
윤선	뭐가요?
희지	예쁘게 키우고 계시다가 결국 새 주인에게 넘기셔야 하는 게...
윤선	관계라는 게 아쉬워도 어쩔 수 없죠. 그래도 길에서 고생하면서 컸을 아이가 행복하게 지낸다고 생각하면 기분 좋아져요.
희지	(고양이를 보며) 사랑받고 있다는 게 느껴져요. 치즈한테.
윤선	고양이 좋아해요?
희지	네. 부모님 집에도 한 마리 있는데 보고 싶더라고요. 집에 혼자 있는 게 너무 외롭기도 하고...
윤선	치즈 데려가실래요?
희지	네?
윤선	아가씨라면 좋은 주인이 되어줄 것 같아서요.
희지	(좋지만 조심스럽게) 그래도... 돼요?
윤선	다음에 만나면 고양이 용품들 다 전해줄게요.
희지	다른 아이들도 필요하잖아요. 제가 알아서 준비할게요.
윤선	아녜요. 이제 임시 보호 그만할 거거든요.
희지	왜요?

윤선   이별을 반복한다는 게 쉬운 일은 아니더라고요. 처음엔 길 고
양이들한테 밥을 주다가 시작한 건데... 그 아이들이 제 발소리
만 들으면 반갑다고 그르릉 거리는 게 너무 예뻐서요. 나를 필
요로 하던 딸아이가 생각나서 그렇게 임시 보호를 하게 되었는
데... 막상 관계를 맺고 보니 이별이 더 쉽지 않아져요. 다 제
탓이에요. 이기적이죠?

희지   아뇨... 어떤 마음인지 알 것 같아요. 아주머니 잘못이 아니에
요.

그때, 세탁소에 주인 들어온다.
희지와 윤선을 훑어보다가 고장 난 세탁기 쪽으로 간다.

주인   먼지랑 털 머리카락 같은 거는 다 알아서 떼고 와야지. 여기가
세탁소지 털 떼는 덴 줄 아나. 뭔 놈의 것들이 다 뭉쳐가지고.

희지   (작게) 어휴, 또 왔네.

윤선의 손에 들려 있던 고양이 가방에서 고양이 울음소리 들린다.

주인   뭐야?

주인, 윤선 쪽으로 가서 고양이 가방을 가리킨다.

주인   고양이?

윤선   그런데요?

주인   고양이 몇 마리나 키워요?

윤선   무슨 일이시죠?

주인	이제야 알았네. 당신이 범인이었구만? 당신 때문에 우리 세탁소 세탁기들이 다 먼지에 털에 난리도 아니에요.

희지, 화가 나 주인에게 다가간다.

희지	아저씨 그게 무슨 말씀이세요? 여기 세탁소 매번 고장 나는 걸로 유명한데. 왜 이 아주머니한테 그러세요?
주인	그걸 내가 어떻게 알아? (희지에게 삿대질하며) 학생이 다 책임질 거야?
희지	학생 아니라니까요?
주인	(희지에게 삿대질하며) 그럼 니가 다 책임질 거야?
희지	니? 지금 니라고 하셨어요? 그리고 왜 자꾸 반말에 삿대질이세요?

윤선, 고양이 가방을 의자에 내려놓은 뒤 희지를 잡고 말린다.

윤선	괜찮아요.
희지	괜찮긴 뭐가 괜찮으세요? 지금 아저씨가 자꾸 아주머니 탓하는데.

고양이가 계속 울기 시작한다.

주인	여기 A/S 값 안 물리는 것만으로도 감사한 줄 알아야지.
희지	아니, 아저씨...
윤선	(희지의 말을 막고) 아저씨, 저는 어차피 이사 갈 거예요. 그러니까 아가씨한테 뭐라고 하지 마세요.

주인	그래. 잘 됐네. 세탁기 고장 날 일 없고. 내가 땅 파서 장사하는 것도 아닌데 한 대 고장 나면 얼마나 손해인 줄 알아?
희지	(화가 나서) 저번엔 고장 난 게 아니라 청소하기 귀찮아서 두는 거라면서요!
주인	뭐야??

고양이가 더 크게 울기 시작한다.

윤선	그만하세요.
주인	그놈의 고양이 길거리에서 좀 사라지는 것 같아서 좋았는데 아직도 있네.

주인, 씩씩 대며 세탁소를 나간다.
희지, 화가 안 풀린 듯 문 쪽 허공에 발길질을 한다.
윤선, 고양이 가방 안에 손을 넣어서 고양이를 쓰다듬는다.

희지	저 아저씨 고양이 학대범 아니에요? 의심 가는 게 한두 가지가 아니에요. 이거 다 인터넷에 올려서 여기 망하게 해야 돼요.
윤선	난 어차피 다른 곳으로 갈 거라 괜찮아요. 이 동네에 코인 세탁소 여기뿐인데 사라지면 다른 사람들 골치 아파질 거예요.
희지	아니, 아무리 그래도 너무 화가 나잖아요. 왜 끝까지 아주머니 탓을 해요.
윤선	성숙하지 못해서 그래요. 겉은 늙어가지만 속은 아직 아이인 거예요.
희지	(고양이 가방을 보며) 치즈는 좀 괜찮아요?
윤선	큰 소리가 들리니까 좀 놀란 것 같아요.

116

희지　치즈한테 미안하네요...

윤선　곧 만나요. 금요일 밤에 또 올 거죠?

희지　네. 그때 올게요.

#4

　　　윤선, 혼자 세탁소에 앉아 있다.

　　　세탁기 두 대에는 여전히 고장 표시가 되어 있다.

　　　윤선의 옆엔 작은 가방 하나와 고양이 가방, 용품이 들어 있는 큰 가방이 놓여 있다.

　　　물끄러미 앉아 있다가 큰 가방을 열어 안에 있는 물건들을 확인하는 윤선.

　　　그때, 세탁소에 희지 들어온다.

　　　손에는 아무것도 들려 있지 않다.

윤선　왔어요? 빨래는요?

희지　오늘은 그냥 왔어요. (짧은 사이) 아주머니랑 치즈 보러.

　　　고양이 울음소리 들린다.

　　　희지, 고양이 가방으로 다가간다.

희지　치즈야, 잘 있었어?

　　　희지, 웃으며 의자에 앉는다.

　　　윤선, 자신의 옆에 놓여 있던 큰 가방을 희지 쪽에 둔다.

윤선 고양이 화장실이랑 모래, 습식 사료, 건식 사료, 간식, 장난감 이런 것들 다 넣어 놨어요. 치즈는 연어 들어간 거 먹으면 설사하니까 주시면 안 돼요. 그것 말고는 가리는 거 없이 다 잘 먹어요. 특히 고양이 치즈를 좋아해요.

희지 감사해요. 이렇게 다 받아도 되는지 모르겠어요.

윤선 잘 키워주세요. 그러면 돼요.

고양이 울음소리 들린다.

희지 이사는 언제 가세요?

윤선 일요일에요. 지금도 짐 싸다가 나왔어요.

윤선, 작게 웃는다.
희지, 말없이 윤선을 바라보다가 바닥을 본다.

희지 어디로 가세요?

윤선 대전이요. 어머니가 그 근처에 사시거든요. 몸이 좀 안 좋으셔서 같이 지내려고 해요.

희지 꿈같네요.

윤선 뭐가요?

희지 아주머니랑 같이 빨래되는 동안 이야기 나눴던 순간들이요. (짧은 사이) 이제 고양이를 돌보거나 밥 주는 일은 안 하시나요?

윤선, 작은 가방에서 건식 사료를 꺼낸다.

윤선 부끄럽지만... 오늘도 주면서 왔어요.

118

희지　정말요? 근데 왜 부끄러우세요?

윤선　(미소 지으며) 말을 바꿨잖아요. 이별하는 게 싫어서 다시는 관계 맺지 않는다 해놓고.

희지　(미소 지으며) 에이, 뭘 그런 걸 가지고...

윤선　아가씨랑 대화하면서 많이 깨달았어요.

희지　네?

윤선　내가 아직 덜 자랐다는 생각이 들었어요. 다른 사람 탓을 하든, 내 탓을 하든 결국 어딘가에서 원인을 찾고 있었으니까요.

희지　원래 사람은 불완전하대요.

윤선　그래서 대화가 필요한가 봐요.

윤선, 이민 가방에서 유연제를 꺼낸다.

윤선　저번에 향 좋다고 한 게 생각나서 넣었어요.

희지　감사해요...

윤선　마지막 헹굼 때, 알죠?

희지, 물끄러미 윤선을 바라본다.
그런 희지를 보고 웃는 윤선.
희지, 주머니에서 수첩을 꺼내 종이를 뜯은 뒤
자신의 핸드폰 번호를 적어서 윤선에게 준다.

희지　연락주세요. 알아보니까 임시 보호하셨던 분들한테 새 주인이 사진도 주기적으로 보내고 한다더라고요. 제가 치즈 사진도 보낼 겸 연락할게요.

윤선, 종이를 바라보다가
소중한 것인 듯 조심스럽게 접어 주머니에 넣는다.

윤선   고마워요.
희지   저도 감사해요.

윤선, 작은 가방을 들고 자리에서 일어난다.
희지, 윤선을 따라 일어난다.

윤선   가봐야겠어요.
희지   조심히 가세요.

윤선, 세탁소를 나간다.
희지, 세탁소 문 쪽을 바라보다가 의자에 앉는다.
윤선이 주고 간 유연제의 뚜껑을 열어 향을 맡는다.

#5

아무도 없는 세탁소.
동전교환기에 고장 표시 되어 있다.
희지, 고양이 가방과 빨래 가방을 들고 세탁소로 들어온다.

희지   치즈야. 여기 기억나? 여기서 나랑 너랑 처음 만났잖아.

고양이 울음소리 들린다.

희지 그때 그냥 핸드폰 번호를 알려달라고 할 걸 그랬어... 왜 바보 같이 내 번호만 줬는지 몰라. 다 내가 멍청해서... (짧은 사이) 아 니, 그럴 수도 있지. 누가 잘못해서 그런 게 아니야.

세탁기에 세탁물을 다 넣고 뚜껑을 닫는 희지.
주머니에 손을 넣어 동전을 꺼내려 하는데 동전이 없다.
반대쪽 주머니에 손을 넣어보니 5000원짜리 지폐가 나온다.

희지 아, 또...

핸드폰을 들어 시간을 확인하는 희지.

희지 집 갔다 오면 너무 늦는데...

그때, 희지에게 전화가 걸려온다.
엄마다.
받을까 말까 고민하다가 결국 받지 않는다.
핸드폰을 주머니에 넣는 희지.
세탁기의 뚜껑을 열고 무언가 망설인다.

소리 동전을 넣어주세요.
희지 ......
소리 동전을 넣어주세요.

희지, 세탁기의 뚜껑을 닫는다.
주머니에서 핸드폰을 꺼내 엄마에게 전화를 건다.

희지   (전화하며) 엄마... 그냥 바빠서. 글 쓰느라 시간이 없었어. 저번에처럼 또 마지막에 떨어질까 봐 정말 열심히 했거든. 나 만약에 이번에 또 떨어져도...

희지, 엄마의 말을 듣고 눈물이 고인다.
눈물이 볼을 타고 흘러내린다.
정말 행복한 듯 입가에 미소를 짓는다.

희지   (신이 나서) 엄마, 나 고양이를 키우기 시작했어. 망고는 잘 지내? 얘는 이름이 치즈인데....

희지, 신이 나서 이야기를 이어간다.
간간이 고양이 울음소리 들린다.

그 사이 조명 서서히 암전된다.
무대를 감싸는 음악, 점점 커지며

—막

■ 당선소감

무대 위 세상이 내가 감각하고 있는 세계와 다르지 않음을 깨달았을 때부터 줄곧 연극을 꿈꾸었습니다. 군더더기들이 가득한 세상 속에서 그들을 들여다보는 일을 좋아합니다. 누군가의 말과 이야기에 집중하다 보면 어느덧 깨닫곤 합니다. 한 사람이 마주한 거대한 벽은 비단 그 사람만의 것이 아님을. 그의 이야기가 곧 나의 이야기가 될 수 있음을.

인물 간의 관계를 만들어나갈 때, 늘 관계에서 벗어나 하나의 개인을 생각합니다. 관계 안에서 결코 이해되지 못하고, 이해될 수 없는 지점이 있다는 것 자체가 살아 있는 숨이라 여기며 삶을 그리겠습니다.

늘 응원과 진심 어린 조언 아끼지 않으셨던 고연옥 선생님, 박상현 선생님 그리고 연극원 선생님들 감사드립니다. 희곡에 관심을 가질 수 있도록 문을 열어주셨던 김성희 선생님, 김수진 선생님, 항상 지지해주신 양연주 선생님, 용기를 불어넣어 주신 오세혁 선생님께 감사의 마음을 전합니다.

솔, 지현, 인선을 비롯한 사랑하는 친구들 진심으로 고맙습니다.

연극을 만들며 함께 호흡했던 창작집단 혜윰 단원들. 지금까지 해왔던 것처럼 앞으로도 잘 부탁드립니다. 나를 믿고 힘든 길을 같이 걸어주셔서 감사합니다.

내 모든 작품의 첫 독자가 되어 주시는 부모님, 시부모님 그리고 승현. 재성에게 감사합니다. 그리고 내가 하는 일이라면 무엇이든 절대적 지지를 아끼지 않는 남편 재홍에게 감사와 사랑을 보냅니다.

심사위원 선생님께 진심으로 감사드립니다. 사람을 향한 마음이, 또 목소리가 바래지 않도록 계속 쓰겠습니다. 불완전한 언어로 불완전한 세계를 있는 그대로 그려내는 길을 묵묵히 걷겠습니다.

회복해야 할 상대 있다는 믿음 보여 줘

2020년 〈부산일보〉 신춘문예 희곡/시나리오 응모 작품을 심사하면서 가장 먼저 떠오른 단어는 '외로움'이었다. 작품 속 인물들은 대체로 혼자거나, 가족과 분리된 상태로 사는 경우가 대부분이었다. 그들은 친구도 드물었고 주변을 지키는 사람도 극소수였다.

아마도 현실의 우리 삶이 '홀로'이고, '1인 가구'이며, '혼밥'을 먹고, '1인 고시원'에서 '아직 결혼도 안 한 상태'로 놓여 있기 때문일 것이다. 당선작 역시 이러한 조건들 속에서 탄생했다.

어느새 우리 생활 반경의 필수품이 된 듯한 '코인세탁소'에서 만난 두 사람은 세상과 분리된 자아들이었다. 그들에게는 동전을 나눠 쓸 여유조차 없는 삶만 덩그러니 남아 있는 상태였다. 하지만 희곡 속에서 그들은 달라졌다. 느슨한 교류와 파격적인 선물을 공유하면서, 그들에게도 돌아갈 곳이 있으며 회복해야 할 상대가 있다는 믿음이 생겨났다. 과하지도 덜하지도 않게 그 지점을 보여 준 솜씨는 당선작으로 손색이 없어 보였다.

자신의 외로움에 갇혀 사회와 단절되어 가는 자아를 보여준 '꿈의 벌레'나 고시원에서의 필사적인 생존기를 그린 '송지은 VS 송지은', 그리고 유사한 빨래방이지만 또 다른 현실 풍경을 그린 '로터리 빨래방'도 넓은 범주에서는 홀로 이 세상을 살아야 하는 우리의 삶을 반영한 작품들이었다. 비록 당선의 영예를 누리지는 못했지만 폭넓은 공감대와 상당한 내공을 갖추었다는 점에서, 미래의 영광을 예견하게 하는 작품들이었다.

또 다른 시작을 예견하게 하는 그들 모두에게 깊은 사색의 시간이 주어지기를 고대한다.

심사위원 김남석

서울신문 희곡 부문 당선작

길
■

김지우

1997년 서울 출생
저현고등학교 졸업
한양대학교 영어영문학과 졸업 예정

등장인물

미노   15세

이르   15세

장소

멕시코 남동부 치아파스에서부터 시작된 철길 위의 화물 기차. 캘리포니아 주 근방의 국경을 향해 달리고 있다.

무대

정중앙에 화물 기차의 트레일러가 놓여 있다. 트레일러의 양 측면에는 상부로 오르내릴 수 있는 사다리가 부착되어 있으며, 상부에는 화물을 싣기 위해 이용하는 핸들과 레일이 튀어나와 있다. 기차는 관객석을 마주하는 방향으로 나아간다고 가정한다.

처음

넓고 메마른 땅 위 철길을 달리는 화물 기차. 미노와 이르, 트레일러 상부 핸들에 허리를 묶은 채 기차가 나아가는 방향을 향해 앉아 있다. 불그스름한 노란색 조명이 두 아이의 머리 위로 비춰진다. 노을이 지고 있다. 철길 위 기차 소리만이 옅게 울린다. 주변을 둘러보던 미노, 대뜸 질문을 던진다.

미노   어디쯤일까?

이르, 대답하지 않고 정면만 응시한다. 지친 모습이다. 정적, 그리고 기차 소리.

미노   응? 여기는 어딜까? (사이) 너도 몰라?
이르   …그게 중요해?
미노   중요하지. 그걸 알아야 얼마나 남았는지 알 수 있잖아.

이르, 대꾸하지 않고 허리에 맨 밧줄을 만지작거린다.

미노   이르, 나 지도 좀.
이르   네가 꺼내.
미노   꺼내 줘.

미노, 이르를 간절하게 바라본다. 이르, 마지못해 트레일러 측면 사다리 쪽에 매어 둔 가방으로 손을 뻗는다. 꼬깃한 종이 하나를 꺼내 미노에게 건넨다. 미노, 받지 않는다.

미노   얼마나 남았어?

이르, 미노를 흘겨보며 느리게 종이를 펼친다.

이르   터널 세 개, 아니, 두 개.
미노   곧 있으면 이 길도 끝이네.
이르   아쉽냐?
미노   조금. 넌 어때?

이르, 다시 입을 다물고 철길로 고개를 돌린다.

미노   아쉽지 않아? (사이) 아니면 설레나?
이르   (기가 차다는 듯이) 대체 설렐 게 뭐가 있는데?
미노   앞으로 펼쳐질 일들 말이야. 너도 여기까지 와 본 건 처음이잖아.
이르   자꾸 종알대지 말고 조용히 해. 너 그러다가—
미노   (이르가 주의를 주는 모습을 따라하며) 떨어져, 중심 잃어, 터널한테 잡아먹혀! (미어캣처럼 허리를 곧게 피고 목을 늘여 먼 곳을 바라본다.) 터널 나오려면 한참 멀었겠다.

순간적으로 크게 덜컹거리는 트레일러. 이르, 급하게 밧줄을 묶은 핸들을 그러쥔다. 미노, 아랑곳하지 않는다.

미노   이르, 터널한테 잡아먹힌 사람 본 적 있어?
이르   (밧줄의 매듭을 확인하며 건성으로) 응.
미노   어떻게 생겼어?

이르	납작해.
미노	또띠야처럼?

이르, 불편한 기억이 떠오르는 듯 입을 다문다. 미노는 무릎을 끌어안은 채 말을 잇는다.

미노	우리 할머니 또띠야 진짜 맛있는데. 할머니는 맨날 일하러 다녔거든. 화요일이면 집에 오는 길에 꼭 옥수수 가루를 한 봉지씩 사 왔어. 만드는 방법도 다 기억해. 옥수수 가루 두 컵에 소금 한 꼬집, 한번에 엉기지 않게 물을 조금씩 넣고-
이르	우리 놀러 가는 거 아니거든.
미노	알지. 우린 순례자들이잖아.
이르	…순례자?
미노	그래. 야수의 등허리에 올라타서 국경을 넘나드는 순례자. 배고픔과 목마름을 견뎌야 새로운 세상으로 나아갈 수 있다! 근사하지 않아?
이르	(심드렁하게) 그래. 참 근사하다.
미노	미국에도 또띠야가 있을까? 맛있는 게 엄청 많다는 이야기는 들었는데! (사이) 없어도 괜찮아. 만드는 방법 기억하니까. 옥수수 가루 두 컵에 소금 한 꼬집, 한번에-
이르	(말을 가로채서 빠르게 읊는다.) 엉기지 않게 물 조금씩 넣어서 납작하게 눌러 굽는다고. 알았어.
미노	외웠네? 다행이다.
이르	그게 왜 다행이야?
미노	네가 꼭 먹어 봤으면 좋겠거든. 우리 할머니 또띠야는 그냥 시장에서 파는 거랑 달라.

이르   (건성으로) 그래.

미노   진짜야!

이르   알았다고.

둘이 투닥거리는 사이 날이 저물기 시작한다. 미노, 푸르게 물드는 하늘을 보며 노래를 부른다. La Llorona.

미노   *눈물 많은 여인아, 하늘빛 옷 입고*
       눈물 많은 여인아, 또 다시 흐느끼네
       고달픈 삶에 길을 잃어도-

미노, 노래를 멈춘다. 이르, 미노를 쳐다본다.

이르   왜 멈춰?

미노   그냥.

이르   다음 가사 몰라?

미노   알아.

이르   뭔데?

미노, 대답하지 않는다. 이르, 나머지 가사를 채워 노래한다.

이르   *고달픈 삶에 길을 잃어도*
       사랑만은 그대로
       그대로 머무리라

미노   이 노래 어디서 배웠어?

이르   그냥. 지나다니다가.

미노   나는 할머니가 알려 줬는데. (사이) 할머니 보고 싶다.

이르   나중에 할머니도 미국으로 오시라고 해.

미노   그럴까? (잠시 생각에 잠겼다가) 아니야.

이르   뭐가?

미노   우리 할머니는 올 수 있어도 안 와.

이르   왜?

미노   싫어하거든.

이르   미국을?

미노   엄마를.

이르   엄마가 돈 보내 줬다며.

미노   맞아. 덕분에 먹고 살 수 있었지. 그래도 할머니는 날 두고 간
          게 마음에 안 들었나 봐.

이르   엄마랑은 언제 헤어졌는데?

미노   태어난 지 반년도 안 돼서.

이르   그럼 얼굴도 모르겠네.

미노, 품속에서 너덜너덜한 사진 한 장을 꺼내 이르에게 내민다.

미노   우리 엄마래.

이르, 사진을 받아들고 여자의 얼굴과 미노를 번갈아 관찰한다.

이르   어, 닮았네. 그… 입꼬리가 닮았어. 눈매도.

미노   안 닮았어.

이르   아니야, 여기 보면-

미노   할머니가 그랬어, 하나도 안 닮았다고.

이르   …야, 그래도 너 먹여 살리려고 그 먼 길을 간 거잖아. 곧 있으
        면 같이 살게 될 거고. 난 너 같은 애 처음 봤어.

미노   나 같은 애?

이르   가족 찾으러 가는 애들 중 절반은 전화번호 하나 없이 떠나. 끊
        긴 연락처라도 있으면 다행이지. 그런데 넌, 너희 엄마가 코요
        테를 고용했다며. 널 미국으로 보내 달라고.

미노   응.

이르   넌 운이 좋은 애야.

        이르, 사진을 돌려주려 한다. 미노, 고개를 내젓는다. 이르, 사진을 지도
        에 끼워 가방에 넣는다.

미노   그러면 너는?

이르   나는 뭐?

미노   운이 나빠? 가족이 없어서?

이르   그건 아닐걸.

미노   왜?

이르   아직 안 죽었잖아.

        미노, 이르의 말을 곱씹는다. 이르, 손가락으로 기차 위 쌓인 먼지에 그림
        을 그리기 시작한다.

미노   죽으면 운이 나쁜 건가?

이르   (건성으로) 몰라.

미노   혼자 다니는 거 안 무서웠어?

이르   그냥 그랬어.

미노 나쁜 사람들 많이 만났어?

이르 응.

미노 그럴 땐 어떻게 했어?

이르 …맞았어.

미노 그런데도 안 무서웠어? (대답이 없다.) 대단하다. 나는 혼자 있으
면 무섭던데.

이르 다 컸는데 뭐가 무섭냐?

미노 혼자 지내 본 적이 거의 없었단 말이야.

이르 곱게도 자랐네.

미노 할머니 보고 싶다.

이르 치아파스에 계셔?

미노 아니. 떠나셨어. (사이) 아주 멀리.

어색한 정적. 기차 소리.

미노 이르, 넌 미국 도착하면 어디로 갈 거야?

이르, 미노를 무시하고 그림 그리기에 열중한다. 미노, 그런 이르를 지켜
본다. 기차 소리가 점점 커지기 시작한다. 미노, 달빛에 의지해 철길을 살
핀다. 미간을 한껏 찌푸린 끝에 터널을 발견한다.

미노 터널이다.

이르, 급하게 허리에 묶은 밧줄을 풀고 상부에서 내려간다. 미노도 뒤이
어 내려간다. 이르는 트레일러 왼쪽의 사다리를, 미노는 오른쪽의 사다리
를 끌어안는다. 기차 소리가 점점 커지다 둘을 삼킬 것처럼 울린다.

이르   (큰 소리로) 미노, 꽉 잡아!

미노   (머뭇거리다 대답한다.) 응!

터널. 암전.

과거

미노   아저씨!

트레일러 위로 불이 들어온다. 미노, 앞서 핸들에 매달아 두었던 작은 가방을 끌어안은 채 움직이지 않는 트레일러 상부에 앉아 있다. 관객석을 향해 브로커와 나누었던 이야기들을 풀어놓는 중이다.

미노   아저씨, 우리 엄마랑 통화해 봤어요? 우리 엄마 목소리 어때요? 저는 못 들어 봤거든요. 집에 전화기가 없어서요. 그래도 편지로 자주 이야기했어요. 제 이름이 그대로라서 다행이래요.

트레일러 아래로는 푸르스름한 저녁 하늘이 펼쳐져 있다. 이르, 무대 상수에서 등장한다. 누구에게도 들키지 않으려는 듯 조심스럽게 발걸음을 옮긴다.

미노   할머니가 엄마한테 그랬나 봐요, 이름 바꿔버릴 거라고. 근데 안 바꿨어요. 우리 할머니는 한다면 하는 사람인데, 왜 안 바꿨을까요?

이르, 이윽고 누군가에게 쫓기기 시작한다. 온 힘을 다해 도망치지만 역부족이다. 결국 잡히고 만다. 바닥에 내팽개쳐진 이르, 엎드린 채 몸을 웅크린다. 여러 발들에게 걷어차인다.

미노　제 이름, 원래는 까미노로 지으려고 했대요. 길 말이에요.

한참 이르를 짓밟고 때리던 무리가 떠난다. 이르, 겨우 몸을 일으켜 걷는다. 무대 구석구석을 돌아다니며 문 두드리는 시늉을 한다.

이르　(갈라지는 목소리로) 저기요, 아무도 안 계세요?

아무도 문을 열어 주지 않는다. 이르의 걸음이 느려진다.

이르　저, 물 한 잔만. 한 모금만⋯⋯.

이르, 끝내 주저앉고 만다. 그때 살짝 열리는 문 하나. 틈 사이로 쏟아지는 빛이 이르를 비춘다. 손 하나가 컵을 내민다.

미노　길은, 어디서든 나타나기 마련이니까.

이르, 컵을 받아들고 허겁지겁 물을 마신다. 문이 닫힌다.

미노　엄마가 자주 하던 말이랬어요.

이르, 비운 컵을 문 앞에 내려놓는다. 자리에서 일어나 닫힌 문을 한참 바라보다가 다시 걷기 시작한다. 느리지만 보다 힘찬 걸음걸이.

미노   아저씨. 이제 우리는 어디로 가요?

이르, 무대를 거닐다 다시 기차 곁으로 돌아온다. 트레일러 위로 오를 기
회를 엿보던 찰나, 미노의 말을 엿듣는다.

미노   우리가 아니라, 나만 가요?
이르   (불쑥 끼어들며) 쟤 이틀도 못 버틸걸요.

미노, 이르를 내려다본다.

이르   저런 애들 많이 봤어요. 금방 떨어져 죽어요. 아니면 터널한테
        잡아먹히든가.
미노   (다시 관객석을 향해) 나 혼자 가요?
이르   (다급하게) 저 이거 탄 적 많아요. 저번엔 소노라까지도 갔어요.
        거기서 조금만 더 가면 미국이에요. 저랑 가면 쟤 미국 도착할
        수 있어요.
미노   (이르를 향해) 내 이름은 미노야.
이르   쟤가 미국 가야 아저씨도 돈 받는 거죠? 그렇죠?
미노   미노라니까.
이르   제가 같이 탈게요. 보름이면 가요.
미노   … 같이?
이르   같이. 같이 타게 해 주세요. 물이랑 먹을 것도 조금만요.

이르, 간절하게 관객석을 바라본다. 미노, 천천히 고개를 끄덕인다. 이르
의 표정이 환해진다. 금세 트레일러 상부에 오르는 이르. 미노, 이르를 신
기하게 쳐다본다.

미노   몇 살이야?

이르   열다섯.

미노   이름은?

이르   …이르.

미노   '걷다' 할 때 그 이르?

이르, 고개를 끄덕인다. 미노의 입가에 미소가 걸린다. 암전.

다시 현재

터널에서 빠져나온 기차의 소리는 처음과 같이 옅다. 불 들어오면 두 아이, 여전히 사다리를 꼭 끌어안고 있다. 이르, 조심스럽게 트레일러 상부로 기어올라가 반대쪽에 있던 미노에게 손을 뻗는다. 미노, 이르의 손을 잡고 올라온다. 이르, 미노의 허리부터 핸들에 묶는다. 매듭이 튼튼한지 수차례 확인하고 나서야 제대로 앉는다. 미노, 그 모습을 지켜본다. 묘한 표정을 짓고 있다.

이르   (허리를 묶으며, 조금 들뜬 목소리로) 터널 하나. 이제 하나 남았어.

미노, 말이 없다.

이르   왜 그래? 배고파?

미노   아니.

이르   가방에 크래커 조금 남았을 거야. 물도. 그거 먹어.

미노   괜찮아.

이르   곧 도착하잖아. 아낄 필요 없어.

미노   배 안 고파.

이르   그럼 왜 그래? 설마 너, 진짜 아쉬워서 그래?

미노   (말 돌리며) 그 코요테 아저씨는 왜 멕시코에 사는 걸까? 미국을 잘 아는 것 같았는데.

이르   (가방 속에서 물병을 꺼내 내밀며) 미노.

미노   (받지 않는다.) 그렇지 않아? 미국이 그렇게 멋지고 살기 좋은 곳 이면, 그 아저씨는 왜 계속 코요테로 사는 걸까?

이르, 미노를 흘겨보다 물을 마신다.

이르   (물병을 가방에 넣으며) 모두가 같은 꿈을 꾸지는 않아.

미노   그럼 코요테들은 무슨 꿈을 꾸지?

이르   아무 꿈도 안 꿀걸.

미노   왜?

이르   머리에 든 게 돈밖에 없으니까.

미노   너는 코요테 아저씨가 싫어?

이르   응.

미노   나는 좋았는데.

이르   그 아저씨가 잘해 줬어?

미노   아니.

이르   그런데 왜?

미노   코요테니까.

이르   브로커들이 멋있어 보이디?

미노   브로커를 코요테라고 부르는 게 멋있어 보이는 거야.

이르   그게 그거지.

미노   엄연히 달라.

다시 덜컹거리는 트레일러. 이르, 경직되어 핸들을 붙든다. 흔들림이 잦
아들자 허리 매듭을 확인한다. 미노, 아무렇지 않게 말을 잇는다.

미노   진짜 코요테들은 평생 가족들이랑 무리 짓고 산대. 하루에 수
       십 킬로미터를 달리면서도 절대 떨어지지 않는댔어.
이르   사람보다 낫네.
미노   그치? 나도 코요테로 태어날 걸 그랬나 봐. (사이) 너, 진짜 코요
       테 본 적 있어?
이르   아니.
미노   나도.
이르   늑대랑 비슷하게 생겼대.
미노   그건 알아.
이르   그럼 대충 짐작되잖아.
미노   늑대도 직접 보진 못했단 말이야.
이르   직접 봤으면 아마 밥이 됐을 거다.

대화가 끊긴다. 이르, 미노의 눈치를 본다.

이르   (달래려는 듯이) 넌 운이 좋은 애니까 늑대를 만난 적이 없는 거
       야. 걔네 엄청 사납댔어.
미노   정말?
이르   그래.
미노   (시무룩해져서) 그럼 평생 못 보겠네.

다시 정적. 기차 소리. 이르, 떠오른 것이 있는 듯 미노의 어깨를 붙잡는
다.

이르   미노, 늑대를 볼 수 있는 방법이 생각났어.

미노   뭔데?

이르   상상.

미노   상상?

이르   늑대를 봤다고 상상하는 거야.

미노   (실망하며) 뭐야.

이르   처음엔 그렇게 시작해야 돼. 자, 말해 봐. 늑대에 대해서 아는
       거 뭐 있어?

미노   음…… 털이 많아.

이르   그렇지.

미노   갈색. 그리고 검정색. 회색도.

이르   배 쪽에 있는 털은 흰색이랬어.

미노   (점점 신이 나서) 꼬리가 복실복실해.

이르   귀는 삼각형이야.

미노   주둥이가 길어.

이르   눈이 날카로워.

미노   밤엔 막 등불처럼 빛나고.

이르   엄청 빨라.

미노   그리고 높은 소리로 울어.

두 아이들, 동시에 늑대 울음소리를 흉내 내다 웃음이 터진다. 이르, 재빠
르게 표정을 굳힌다.

이르	아직 안 끝났어. 이게 제일 중요한 부분이야. 다 상상했어?
미노	응.
이르	눈 감아 봐.

미노, 눈을 감는 척하다가 슬쩍 뜬다. 이르, 미노의 눈을 자신의 손바닥으로 덮는다.

이르	아까 말한 걸 되새겨 봐. 털이랑, 꼬리랑, 귀, 주둥이, 눈….

미노, 얼굴을 찌푸리며 머릿속으로 늑대를 만들어낸다.

이르	어때? 그려져?
미노	…늑대다!
이르	그래. 늑대는 어디 있어?
미노	끝없이 펼쳐진 들판.
이르	거기서 뭘 하는데
미노	달리고 있어. 바람을 거스르면서.
이르	맞아. 늑대는 달리는 중이야. 발이 땅을 딛을 때마다 온몸의 털이 춤을 추지. 갈색, 검정색, 회색…. 여러 색들이 한 데에 섞여서 오묘한 빛깔을 만들어내고 있어. 그렇게 달리다 햇살 아래 멈춰 서면, 털 한 올 한 올이 타오르는 것처럼 번쩍여.

미노, 탄성을 터트린다.

이르	늑대는 왜 멈췄을까?
미노	어, 사냥을 하려고?

이르　　그렇지. 털만큼이나 번쩍이는 매서운 눈이 사슴을 발견했거든.

미노　　사슴아, 도망가!

이르　　쉿. 사슴은 풀을 뜯느라 바빠. 늑대가 자기를 향해 다가오고 있다는 걸 꿈에도 모르고 있다고. 늑대는 몸을 낮춰서 살금, 살금, 살금, 다가가다가…

이르, 장난스러운 표정을 짓더니 큰 소리로 미노를 놀랜다. 미노, 짧은 비명을 내지르며 자리에서 일어나려 한다. 허리에 묶은 밧줄이 미노를 다시 트레일러 위로 앉힌다.

미노　　(꿈에서 깬 듯이) 나, 늑대를 봤어.

이르　　그래. 그렇게 상상하는 거야.

미노, 숨을 가쁘게 몰아쉰다.

미노　　진짜로 봤어.

이르　　알았어. 진짜 본 거 맞아.

미노　　코요테는? 코요테도 볼 수 있을까?

이르　　그럼.

미노　　코요테가 될 수도 있고?

이르　　뭐든 할 수 있어.

미노, 한껏 신난 모습으로 손바닥에 얼굴을 파묻고 다시 상상 속에 빠진다. 이르, 미노를 보며 만족스럽게 미소 짓는다. 날이 밝기 시작한다. 마지막 터널이 안개 틈에서 모습을 드러낸다. 이르, 터널을 발견하고 미노의 옆구리를 찌른다. 미노, 얼굴에서 손을 떼어낸다.

이르　　(손가락으로 정면을 가리키며) 터널.

두 아이들, 밧줄을 풀기 시작한다. 겹쳐 묶은 매듭이 잘 풀리지 않는다.
다급한 마음에 손이 미끄러지기도 한다. 이르, 점점 가까이 다가오는 터
널을 보며 허겁지겁 매듭을 푼다. 이윽고 트레일러 측면으로 내려가 사다
리에 몸을 밀착시킨다. 기차 소리가 점점 커진다.

이르　　(소리친다.) 미노! 꽉 잡아야 해!

아무런 대답도 돌아오지 않는다. 이르, 위를 올려다보자 막 매듭에서 풀
려난 미노가 몸을 일으키고 있다. 중심을 잡으려는 모습이 아슬아슬하다.

이르　　뭐 해! 내려가!

미노, 이르의 외침에도 꿈쩍 않고 트레일러 위에 꼿꼿하게 서서 터널만을
바라본다.

이르　　너 미쳤어? 얼른 내려가라니까!
미노　　(나직하게) 나, 정말 됐어.
이르　　미노! 내려가!
미노　　코요테가 됐어.
이르　　미노!

미노, 터널을 끌어안으려는 듯 양팔을 벌린다. 이르, 눈을 질끈 감는다.
기차의 소리가 귓등을 때린다. 마지막 터널. 암전. 기차 소리가 끊긴다.
침묵 끝에 헤드라이트를 닮은 불이 트레일러 위를 비춘다. 미노가 앉아

있다. 미노, 널브러진 밧줄을 만지작거리며 노래한다. La Llorona의 멜로디.

미노   *고달픈 삶에 길을 잃고도*
사랑이 그대로
그대로 머물까?

눈을 가린 여인아, 뒤늦은 후회로
눈을 가린 여인아, 손을 내밀어도
죽음의 기차 위에 선 아인
잡을 수 없었다네
계절이 가도 푸른 소나무
그대로 머물 수밖에

마지막

기차 소리 점점 커졌다가, 불 들어옴과 동시에 서서히 잦아들어 옅게 깔린다. 이르, 다급하게 사다리를 타고 트레일러 위로 올라간다. 미노, 멀쩡한 모습으로 앉아 있다.

이르   너… 너 괜찮아?

미노, 살짝 웃어 보이고는 다시 정면을 바라본다. 이르, 혼란스러운 표정.

이르   너 정말로-

미노　　이르, 미국이야.

두 아이들, 얼마 남지 않은 철길을 멍하니 응시한다.

미노　　나 가방 좀.

이르, 얼떨떨하게 사다리에 묶여 있던 가방을 풀어 미노에게 건넨다. 미노, 망설이다가 가방 속으로 손을 집어넣는다. 지도를 꺼내 펼치자 엄마의 사진이 모습을 드러낸다. 사진을 한참 들여다보다가 이르에게 내민다. 이르, 어리둥절하게 받아든다.

미노　　뒤에 봐.

이르, 사진을 뒤집는다. 낯선 주소가 쓰여 있다. 기차, 서서히 멈춘다. 이르, 급하게 짐을 챙긴다.

이르　　내려야 돼.
미노　　이르.
이르　　지금 안 내리면 붙잡혀. 얼른 내려야 돼.

지도와 사진을 가방 속에 쑤셔 넣고 사다리를 타는 이르. 한 발짝씩 아래로 내딛다 끝내 뛰어내린다. 두 발이 땅에 닿는다.

이르　　미노. 얼른 내려와.
미노　　이르, (긴 사이) 난 못 내려.

이르의 얼굴에 서서히 깨달음이 번진다.

이르 … 언제부터?

미노 그게 중요해?

이르, 대답하지 못하고 울먹이기 시작한다.

미노 있잖아, 나한테 좋은 생각이 있어. 상상하는 거야. (트레일러 끝 모서리에 걸터앉는다.) 이르, 나에 대해서 아는 거 뭐 있어? (대답이 없자) 어서.

이르 (훌쩍이며 천천히 나열한다.) 치아파스랑, 또띠야랑… 할머니. 까미노. 열다섯 살.

미노 엄마도.

이르, 미노의 가방에서 사진을 꺼낸다. 사진과 미노를 번갈아 본다.

미노 찾아갈 수 있겠지?

이르, 사진을 품속에 넣는다.

미노 자. 이제 눈 감아 봐.

이르, 두 손에 얼굴을 묻는다.

미노 어때? 그려져?

고개를 젓는 이르.

미노   아니야. 할 수 있어. (사이) 하나씩, 하나씩. 멈추지 말고.

이르, 천천히 고개를 들고 발걸음을 옮긴다. 기차 주변을 빙 둘러 어딘가
로 향하기 시작한다. 미노, 이르를 지켜본다.

미노   모르는 게 있을 땐 채워 넣으면 돼. 늑대가 되어서, 코요테가
        되어서.
이르   (중얼거린다.) …미노가 되어서.

이르, 멈춰 서서 품에서 사진을 꺼낸다. 뒷면에 적힌 주소와 눈앞의 집을
번갈아 본다. 도착이다. 미노, 허공에 대고 문 두드리는 시늉을 한다. 이
르, 따라 문을 두드린다. 똑, 똑, 똑. 미노, 트레일러 상부에서 일어난다.

미노   (기대에 찬 얼굴로) 누구세요?

이르, 한참의 고민 끝에,

이르   저는,

암전. 막.

처음으로 희곡을 펼치던 2학년의 봄을 기억합니다. 오스카 와일드의 〈The Importance of Being Earnest〉. 소설이나 시를 읽는 것에만 익숙했던 저에게는 아주 놀라운 작품이었습니다. 지문이 엮어내는 무대와 그 위를 마음껏 구르는 대사들, 저마다 다른 목소리로 입장을 피력하는 인물들…. 함께 뛰놀고 있으면 관객들의 웃음소리가 들리는 것도 같았습니다. 그에 매료되어 읽고 공부하던 것이 불을 지핀 셈입니다. 어느덧 무대에 올리는 글을 쓰겠다고 다짐한 지도 일 년이 흘렀습니다.

기회가 많이 주어진 해였습니다. 질문이 생기면 답이 나타나고, 하고 싶은 일을 발견하면 자리가 나고, 걱정이 쌓이면 그보다 훨씬 큰 위로를 받는 감사한 날들의 연속이었습니다. 오래 쥐고 있던 미노와 이르의 이야기를 첫 작품으로 쓸 수 있었던 것도, 첫 투고작으로 당선 연락을 받은 것도 모두 그 덕분이라고 생각합니다. 옳은 방향으로 나아가고 있다는 뜻으로 알고 정진하겠습니다.

서툴고 부족한 제 작품에 길을 열어 주신 심사위원님과 희곡의 매력에 눈뜨게 해 주신 이형섭 교수님께 감사드립니다. 구상 단계부터 투고 직전까지 조언과 격려를 아끼지 않고 퍼부어 준 친구 단비에게도 고마움을 전합니다. 늘 내 편인 윤슬이와 정신적 지주 현지 언니, 무얼 해도 자우답다며 응원해 주는 지원 언니, 민경이, 주연이. 대사 한 줄 써 보지 않은 채 극작가가 되고 싶다던 딸에게 고개를 끄덕여 주신 부모님. 허니. '자우를 믿는다'는 말로 매 통화를 마무리하시던 외할머니. 누구보다 자랑스러워하시는 친할머니, 친할아버지. 모두 사랑합니다. 꾸준히, 오래 쓰겠습니다.

　　2020 서울신문 신춘문예 희곡 부문 심사는 레제드라마(상연보다는 읽히는 것을 목적으로 쓴 희곡)로서의 문학성과 연극화를 위한 대본으로서의 연행성을 고려했다. 아울러 지금 여기 우리에게 수용될 만한 가치가 있다고 판단되는 것들을 우선시했다. 과거 신춘문예 당선작이나 유명 작가의 유산을 그대로 답습한 것들은 후보에서 제외했다.

　　그 결과 최종 당선작으로 '길'을 꼽았다. '길'은 멕시코에 사는 15세 소년 '미노'와 '이르'가 미국으로 향하는 기차 위에서 실족하지 않기 위해 둘 사이에 줄을 매달고 떠나는 여행길을 담고 있다. 작가는 마치 실제 배우가 되어 무대에서 움직이며 글을 쓴 듯 매 장면을 날것 그대로 전달한다. 아직은 행복을 꿈꾸고 희망을 지녀야 할 두 소년에게 드리워진, 어른들이 만들어 놓은 불확실한 미래와 장애물은 벼랑을 향해 달리는 기차처럼 불안함과 긴장감을 끊임없이 더해 간다.

　　생면부지의 엄마를 찾아 떠나는 미노를 잘 도착시켜 돈을 받게 해주겠다며 브로커를 설득해 함께 나선 이르. '길'이라는 뜻의 미노와 '걷다'라는 뜻의 이르라는 이름처럼 두 소년의 동행은 낯설지 않다. 이들의 대화는 생텍쥐페리의 '어린 왕자'가 사실주의 작품으로 재현된 듯 아프고 안타까우면서도 절제미를 갖추고 있어 문학적 가치 또한 높다고 평가했다. 분량이 다소 짧지만, 씨앗 자체의 확장 가능성이 크고, 작가 역시 이를 발전시킬 수 있는 역량이 있다고 판단해 당선작의 영예를 안겼다.

　　'희망은 없다'는 잘 짜인 구성과 반전, 위트 넘치는 대사가 돋보여 당선작으로 거론한 작품이다. 인간 존재에 대한 회의와 반성이 묻어나며, 다층적인 의미망이 돋보였다. '전우성과 김현아'는 캠핑카를 몰며 택배 아르바이트로 살아가는 젊은 남녀의 각박한 현실을 꾸밈없는 대화로 희망차게 표현해 함께 언급했다. 두 작품 모두 무대화 가능성이 큰 것도 미덕으로 꼽혔다.

심사위원 민준호 연출, 송한샘 프로듀서

조선일보 희곡 부문 당선작

절벽 끝에 선 사람들

■

김준현

1995년 서울 출생
중앙고 졸업
숭실대 재학

등장인물

주인   50대 중반, 끝내주는 절벽의 매표소를 운영 중

기자   20대 중반, 끝내주는 절벽에 죽으러 온 척 취재를 옴

노인   80대 초반, 독거 노인

청년   30대 초반, 취업 준비생

경찰   30대 초반, 은퇴한 경찰

시간

여름, 석양이 지기 시작할 무렵에서 해가 지기까지.

공간

날씨 좋은 끝내주는 절벽

무대

좌측에는 매표소와 나무가 서 있다.

우측에는 낡은 차 한 대가 서 있다. 차는 앞쪽이 객석을 향하고 있다.

뒤편은 낭떠러지다.

개막

카메라 가방을 멘 기자가 매표소의 문을 두드린다.
매표소 창문이 열린다.

주인 몇 분이세요.

기자 한 명이요.

주인 어떤 거 하실 거예요?

기자 아, 제가 아직 결정을 못 해서.

주인 절벽은 5만 원 나무는 7만 원 차는 10만 원이요.

기자 혹시 어떤 게 좋은지 추천 좀 부탁드려도 될까요?

주인, 매표소 창문을 닫는다. 그리고 매표소 문을 열고 나온다.

주인 혹시 평소에 어떻게 죽고 싶다, 뭐 이런 거 생각해 둔 거 있어
요?

기자 아뇨, 딱히.

주인 하긴, 마지막에 어떻게 갈지 정하는 게 그렇게 쉬운 건 아니죠.
(나무를 가리키며) 첫 번째는 저희가 의자랑 밧줄을 하나 드릴 건
데, 여기다 목을 매시면 되고요.

기자 목을 매면 너무 고통스럽게 죽지 않을까요?

주인 아, 그렇게 오해들 하는데 그렇지가 않대요. 고통 느끼기도 전
에 그냥 숨이 뚝 끊어져 버리니까. 게다가 목뼈가 뚝 부러지면
서 오르가즘까지 느낀다더라고. 좀 황홀하게 가고 싶으면 이거
추천 드리고.

기자 혹시 사진 좀 찍어도 될까요?

주인 웬 사진?

기자 제가 평소에 사진 찍는 걸 좋아해서요. 마지막 가는 길에….

주인 하긴, 마지막 가는 길에. 찍으세요.

기자, 나무를 찍는다.

기자 네. 다음은?

주인, 무대 뒤편으로 기자를 안내한다.

주인 다음은 절벽인데, 그냥 뛰어내리면 돼요. 밑에 바다도 있고, 좀 낭만적인 사람들이 이걸 선호하더라고. 가슴에 좋은 풍경 담고 간다고. 오늘 날씨도 좋고 그러니까, 사진 찍는 거 좋아하시면 여기도 추천 드리고.

기자, 절벽 풍경과 절벽 아래 사진을 찍는다.

주인 (자동차 쪽으로 걸으며) 다음은 요 차인데. 요건 이제 번개탄 피워서. 아무래도 청소하기도 번거롭고 번개탄값도 있고 하다 보니까 이건 좀 비싸.

술 취한 노인이 술병을 들고 비틀거리며 등장한다.
기자는 자동차를 찍는다.
노인, 딸꾹질하다가 절벽 쪽으로 걸어간다.

주인 저 어르신, 매표소는 이쪽인데요.

노인은 멈춰 서서 주인을 응시하다가 이내 다시 가던 길을 간다.
주인은 노인을 붙잡아 세운다.

주인   매표소는 이쪽이라니까요.

노인이 주인을 쏘아본다.

노인   매표소? 무슨 매표소.
주인   여기까지 찾아오실 정도면 다 알고 오셨을 거 아닙니까.
노인   요즘에는 절벽 구경하는 것도 돈 내고 하냐?
주인   구경이요? 참, 어르신, 여기 그런 거 하는 데 아니니까 얼른 내
려가세요.

노인이 주인의 손을 뿌리친다. 노인은 계속 절벽 쪽으로 가려 한다. 주인
이 다시 붙잡는다.

노인   이거 안 놔?
주인   손님이 와 계셔서요. 부탁드립니다.
노인   손님은 얼어 죽을.

노인이 주인을 때릴 듯이 술병을 꽉 움켜쥔다.
그때, 기자가 노인과 주인을 찍는다. 플래시가 터진다.
노인이 기자 쪽을 노려본다.

노인   뭐여. 지금 사진 찍은 거여?
기자   아니 그게….

노인이 갑자기 기자에게 달려든다. 술병을 휘두른다. 기자는 피하다가 쓰러진다.

순간 노인을 놓쳤던 주인이 노인을 제압한다. 노인이 술병을 놓친다.

주인   이 노친네가 진짜. 손님, 괜찮으세요?

기자   네.

노인   놔, 놓으라고 제발. 오늘이 기일이란 말이야. 내가 마누라한테 술 한잔 올리겠다는데 왜 이렇게 지랄 염병들을 하는 거야.

주인   기일이면 성묘를 가거나 하셔야지 왜 남이 장사하는데 와서 이렇게 꼬장을 부리세요?

노인   여기다 뿌렸으니까. 화장해서 여기다 뿌렸으니까.

주인, 노인을 풀어준다.

주인   죄송합니다. 제가 여기서 장사를 시작한 지 얼마 안 돼서요.

노인은 힘없이 앉아 있다. 주인이 노인에게 술병을 주워다 준다. 노인이 힘겹게 일어선다.

노인   괜찮여. 어차피 오늘이 마지막이니까. 술만 올리고 갈 테니까 좀만 기다려.

노인이 절벽 앞으로 가서 술병을 내려놓는다.

노인   임자, 같이 한잔혀.

노인이 절을 하기 시작한다.

주인　　죄송합니다. 조금만 기다리죠.

기자가 고개를 끄덕인다.
노인이 두 번 반 절하고 절벽 끝에 선다.

주인　　어르신!

수상한 낌새를 느낀 주인이 노인 쪽으로 달려간다.
노인이 절벽 밑으로 떨어진다.
간발의 차이로 주인이 노인을 붙잡고 끌어올린다.
노인이 끌어올려지며 중얼거린다.

노인　　왜 붙잡아. 마누라 보러 가는데 왜 붙잡아.
주인　　어르신, 가는 길이 아무리 급하셔도 이렇게 가시면 안 되죠.
노인　　어차피 집에 돌아가도 아무도 없어. 마누라밖에 없었는데 이젠
　　　　　아무도 없다고.
주인　　그게 아니고, 돈은 내고 가셔야죠.
노인　　돈?
주인　　여기서 자살하시려면 돈을 내셔야죠. 절벽은 5만 원입니다.
노인　　그게 무슨 미친 소리여?
주인　　돈 없으시면 다른 데 찾아보시고요.

노인이 주인을 때리기 시작한다.

주인   아, 아, 씨.

기자가 달려와 노인을 말린다. 노인은 기자를 뿌리치고 기자의 머리끄덩이를 잡는다.
그때, 무대 좌측에서 경찰과 청년이 등장한다. 경찰은 다리를 전다. 두 사람은 매표소 앞에 멈춰 선다.

경찰   거기 지금 뭐 하시는 겁니까!

서로 뒤엉켜 있던 기자와 주인과 노인이 일제히 경찰을 바라본다.
청년은 가만히 서 있고 경찰이 성큼성큼 세 사람에게로 다가간다.
노인이 기자의 머리카락을 놓는다.

주인   아니 이 할아버지가 뛰어내리려고 하셔서 말렸더니 갑자기.
노인   이, 이 미친놈이….

노인은 얼굴이 벌게져서 말을 더듬는다.

기자   이 아저씨가 살려줬는데 할아버지가 갑자기 때렸어요.
경찰   어르신, 사람을 때리시면 어떡합니까. 그것도 죽을 뻔한 거 살려준 사람을.

노인은 씩씩거리기만 한다.

경찰   어르신 일단 내려가세요. 위험하니까 일단 내려가세요.

기자가 술병을 주워다가 노인에게 안겨준다. 노인은 술을 쭉 마셔 병을 완전히 비우더니 절벽 밑으로 던져버린다. 그리고 벌떡 일어선다.

경찰 자, 자. 얼른 가세요.

경찰이 노인의 어깨를 슬슬 밀며 절벽 아래로 유도한다. 하지만 노인을 따라가지는 않고 제자리에 서 있다. 노인은 무대 오른편으로 비틀거리며 퇴장한다.
청년은 매표소 앞에서 이곳저곳 두리번거리고 있다. 매표소 창문을 슬쩍 열어 안을 들여다보기도 한다.

주인 따라가 보셔야 되는 거 아닌가요?
경찰 아니요, 근무 시간도 아닌데요, 뭐.
기자 할아버지 또 죽으려고 하면 어떡해요?
경찰 제가 그런 거 가지고 뭐라고 할 수 있는 사람은 아니라서요.
기자 경찰이잖아요.

경찰, 뒷머리를 긁적인다.

경찰 (주인에게) 2시에 예약했었는데요.

(사이)

주인 아, 예약이요. 깜짝 놀랐네. 차로 가기로 한 분 맞으시죠? 이쪽으로 오시겠어요?

주인이 경찰을 매표소 쪽으로 안내한다.

주인 (매표소로 향하다 문득 멈춰 서서) 아가씨, 몰래 떨어지고 그러면 안
돼. 저승까지 쫓아가서 돈 받아낼 거니까.

기자가 고개를 끄덕인다.

주인이 달려서 매표소 안으로 들어간다. 경찰이 절뚝거리며 천천히 뒤따
라가 청년 옆에 선다.

주인 두 분 같이 오신 건가요?
청년 아니요.
주인 (청년에게) 그럼 조금만 기다려 주세요. 예약 손님이시라서요.
청년 네.
주인 (경찰에게) 10만 원입니다.

경찰이 주머니에서 돈 봉투를 꺼내 매표소 안의 주인에게 건넨다.

기자는 절벽 쪽에 서서 그 모습을 사진에 담는다.

주인이 매표소 창문을 통해 경찰에게 번개탄과 라이터, 그리고 수면제를
넘겨준다.

경찰은 자동차 쪽으로 걸어간다. 절뚝인다. 가면서 수면제를 삼킨다.

주인 다음 분.
청년 나무로요.
주인 7만 원이요.

매표소 창문 사이로 밧줄, 접이식 의자와 돈 봉투 교환이 이루어진다.

162

청년은 곧장 나무로 가 가지에 줄을 묶기 시작한다.

기자는 자동차에 번개탄을 싣는 경찰과 청년을 번갈아 촬영한다.

경찰은 라이터를 켜려고 한다. 기름이 떨어졌는지 불이 붙지 않는다.

경찰이 매표소로 돌아간다.

경찰 (라이터 부싯돌을 돌리며) 혹시 다른 라이터 없나요?

주인 (경찰에게 라이터를 넘겨받아 부싯돌을 돌려보고는) 아, 잠시만요.

(사이)

주인 담배 안 피우세요?

경찰 네. 와이프가 싫어했거든요.

주인, 매표소에서 나온다.

주인 (청년에게) 손님, 혹시 담배 안 피우세요?

청년 네.

주인 (기자에게) 손님은요? 라이터 없으세요 라이터?

찍은 사진들을 확인하던 기자는 고개를 젓는다.

주인 아, 이걸 어떡하지.

경찰 하나도 없어요?

주인 죄송합니다, 손님. 미리 확인을 했어야 하는데….

아, 어제 번개탄 사 올 때 같이 하나 사 올 걸 그랬네.

경찰 벌써 약 먹어버렸는데.

주인　제가 지금 금방 가서 사 올 테니까, 조금만 기다려주세요. 정말
　　　　죄송합니다!

　　　　주인, 연신 고개를 숙이며 무대 왼쪽으로 달려서 퇴장한다.
　　　　경찰은 하품한다.

경찰　아, 벌써 졸린데. 큰일 났네.

　　　　경찰은 청년에게 다가간다. 청년은 막 목에 매듭진 줄을 건 참이다.

청년　(경찰에게) 먼저 가겠습니다.

　　　　경찰은 고개를 돌린다. 청년은 의자를 차고 목을 매단다.
　　　　플래시와 함께 찰칵 소리가 난다.
　　　　경찰이 절벽 위에 서 있는 기자를 바라본다. 기자는 사진이 잘 찍혔나 확
　　　　인하고 있다.
　　　　경찰은 기자에게 다가간다.

경찰　뭐 그런 걸 찍어요.
기자　여기서 사람이 죽었다는 걸 기록하는 거예요.

　　　　경찰이 절벽 끝에 걸터앉는다.

경찰　기록은 무슨.
기자　누군가는 알아야죠.
경찰　주인아저씨가 알잖아요. 어차피 그 카메라 두고 가도 사진 다

164

　　　　　지우지 않겠어요?
기자　　홍보용 사진으로 쓸지도 모르죠.

　　　　　경찰은 웃는다.

경찰　　그렇게 남들이 알아주길 바랐으면 왜 굳이 여기까지 왔어요?
　　　　　돈까지 내 가면서.

　　　　　기자, 경찰 옆에 걸터앉는다.

기자　　돈 아직 안 냈어요.
경찰　　그럼 지금 몰래 떨어지면 되겠네. 그럼 공짜잖아.
기자　　저승까지 쫓아온다잖아요.

　　　　　기자와 경찰은 같이 웃는다.

기자　　그리고 이 와중에 돈이 중요한가요?
경찰　　그건 그렇네요.
기자　　왜 그런 옷을 입고 오셨어요?
경찰　　경찰이니까요.
기자　　아까 얼마나 놀랐는지 알아요? 잡혀가는 줄 알고.
경찰　　경찰이 오면 안심을 해야지 놀라긴 왜 놀라요.
기자　　나쁜 짓 하러 왔으니까요.
경찰　　나쁜 짓일까요?

　　　　　기자는 경찰의 얼굴을 보고만 있다.

경찰 나쁜 짓이라고 하면 좀 억울하지.

기자 그런가요?

경찰 내가 강력계에서 10년을 있었어요. 거의 매일 야근에, 못 볼 꼴도 많이 봤지. 한번은 지 애인 때려죽인 헬스트레이너 놈 잡다가 3층에서 떨어졌어요. 복도에서 막아섰는데 날 그냥 들더니 밖으로 집어 던져버리더라고. 테이저건을 쐈는데, 이게 발사가 안 됐어요. 고장 나서. 그래서 다리 작살나고 경찰 생활 못 하게 됐죠. 그런데 다리 수술비를 나라에서 안 대주더라고. 마누라는 바람나서 도망가고.

(사이)

경찰 야근 안 하고 꼬박꼬박 집에 잘 들어갔으면 마누라는 남았으려나? 아니면 나라에 좀 더 충성했으면 수술비를 대줬으려나? 그건 아니잖아요? 나를 소모품처럼 대해놓고 닳아 없어진 다음에 나쁜 짓 했다 소리하면 좀 그렇지.

경찰이 하품한다.

기자 피곤하세요?

경찰 번개탄 뗄라고 약 먹었거든요. 주인 양반은 왜 이렇게 안 와. 이러다 자겠네.

기자 꼭 저 차가 아니어도 상관없잖아요?

경찰 그렇게 따지면 돈까지 내면서 여기까지 올 필요가 있었나요? 내가 뭐 때문에 여기까지 왔다고 생각해요?

기자 어차피 이제 돈 쓸데가 없으니까요.

166

경찰은 웃는다.

경찰   그것도 그런데. 그것보다는, 확실히 하기 위해서예요. 지금 하려는 게 잘못된 게 아니라고. 누군가가 갔던 길을 따라가는 것뿐이라고. 그렇게 확실히 믿고 싶어서요. 자살 명소라는 게 괜히 생기는 게 아니죠. (하품을 하며) 또 돈을 냈으니 내가 내 목숨 산 거나 마찬가지잖아요.

기자   목숨값 한번 싸네요.

경찰   언젠 뭐 비싼 인생이었나요. 월급도 싸고, 사랑도 싸고. 아가씨도 마찬가지 아니에요? 저 청년도. 싼 건 버리기 쉽잖아요. 잃어버려도 안 아깝고. 목숨값이 싼 덕에 별 고민 없이 편하게 가는 거죠. 내가 말을 너무 쉽게 하나?

경찰 꾸벅꾸벅 존다. 몸이 앞으로 기울어진다. 기자는 경찰을 붙잡아 겨우 절벽 밑으로 떨어지는 것을 막는다. 기자는 경찰을 눕혀 놓는다.

기자   아저씨, 아저씨!

기자는 경찰의 뺨을 철썩 철썩 두 번 때린다. 무대 왼편에서 주인이 달려 들어온다.

주인   예약 손님! 라이터 가져왔습니다.

기자   잠들었어요.

주인   흔들어도 안 일어나세요?

기자, 다시 한번 경찰의 뺨을 두 번 때린다.

경찰, 코를 골기 시작한다.

주인 큰일 났네 이거. 이러면 찝찝한데. (기자에게) 일단 옮깁시다.

주인, 경찰의 상체를 들어 올린다.

주인 다리 좀 들어 주실래요?

기자, 어리둥절해하면서 경찰의 다리를 든다.

주인 하나, 둘.

둘은 경찰을 자동차 조수석에 앉힌다.
주인이 차 문을 닫고 트렁크에 세팅된 번개탄에 불을 붙인다. 그리고 트렁크를 닫는다.

기자 지금 뭐 하시는 거예요?
주인 주무시니까요.
기자 이건 살인이잖아요.

주인이 굳은 표정으로 기자 앞에 가까이 다가선다.

주인 고객 서비스죠, 손님.

주인은 한 발자국 뒤로 물러선다.

168

주인 (미소 지으며) 이렇게 확실히 끝내드리니까 사람들이 저를 찾는 거죠. 뭐 할지 결정하시면 불러주세요. 전 안에 들어가서 잠깐만 쉬겠습니다.

주인, 매표소로 들어간다.
기자는 차 안에서 자고 있는 경찰을 찍는다. 나무 쪽으로 다가가 청년도 찍는다. 플래시가 터진다.

청년 (얼굴을 찌푸리며) 아오, 눈부셔.

기자는 깜짝 놀라 나자빠진다.

청년 뭐 하세요?

기자는 일어나지도 못한 채 나무에 매달려서 말하는 청년을 바라본다.

청년 의자 좀 세워 줄래요?

(사이)

빨리요.

기자는 일어서서 청년의 발밑에 의자를 세워준다. 청년은 의자를 딛고 선다. 그리고 목에 걸린 밧줄을 풀어 낸다. 그리고는 다시 매듭을 묶기 시작한다.

기자 어떻게 된 거예요?

청년 목이 안 졸렸어요. 매듭을 잘못 묶었나 봐요.

기자 그게 말이 돼요?

청년 그럼 뭐 돈 받고 자살 시켜주는 건 말이 되나요? 죽은 사람 사진 찍는 건 말이 되고?

기자 죄송해요. 그냥 이런 걸 널리 알리고 싶어서요.

청년 (코웃음 치며) 널리 알려? 기자라도 돼요?

기자 기자 맞아요.

청년 기자가 취재도 해요?

기자는 대답이 없다.

청년 인턴, 정규.

기자 인턴.

청년 진짜, 회사에 어떻게든 붙어 있으려고 안간힘을 쓰는구만. 하긴 나도 어떻게든 직장 가져볼라고 별 지랄을 다 했으니까.

청년 매듭을 완성 짓고 고리를 다시 목에 건다.

청년 괜찮으면 고개 좀 돌려줄래요?

기자는 뒤로 돌아선다.

청년 기사 잘 쓰시고요.

청년은 다시 목을 매단다. 기자는 다시금 사진을 찍는다. 기자의 휴대전화가 울린다.

주인이 매표소에서 나온다.

기자는 전화를 끊어버린다.

주인   기자시라고요?

기자   네?

주인   기자시냐고요.

기자   네.

주인이 기자를 노려본다.

기자   기자가 자살하러 올 수도 있죠.

주인이 천천히 기자에게 다가든다.

기자   왜, 왜요?

기자, 슬금슬금 뒤로 물러선다.

주인   왜 자꾸 사진을 찍나 했더니….

기자   아니, 그게 아니라.

기자는 계속 천천히 물러나고 주인은 계속 다가온다.

주인   사업 망하고 다시 이렇게 자리 잡기까지 얼마나 힘들었는데,
         이걸 기사로 쓰겠다고?

기자   아니 진짜 제가 죽으러 온 건데요. 사진은 그냥 취미로….

기자의 등이 차에 닿는다.

주인   그럼 어떻게 죽든지 상관없잖아?

바닥에 주저앉아 빌기 시작한다.

기자   살려주세요. 여기서 있었던 일 아무한테도 말 안 할게요.

기자는 목에 걸린 카메라 줄을 풀고 카메라를 내민다.

기자   가져가세요. 사진 거기 있는 게 다에요.

주인은 말없이 계속 다가온다.
기자는 카메라 가방을 뒤져 녹음기도 꺼낸다.

기자   여기 녹음기도 드릴게요. 제발 살려만 주세요.
주인   녹음까지 했어?

기자는 차 문을 두드린다.

기자   살려주세요, 살려주세요!

주인이 기자의 목을 조른다.
점차로 어두워지던 무대가 한층 더 어두워진다.

172

주인　걱정 마. 금방 끝나. 나도 먹고 살려면 어쩔 수가 없어.

거의 인물들의 실루엣밖에 보이지 않는다.
그때 무대 오른편에서 양손에 화염병을 잔뜩 든 노인이 등장한다.
기자는 켁켁 거리며 노인 쪽으로 손을 뻗는다.
노인은 아랑곳하지 않고 매표소 쪽으로 가 화염병에 불을 붙인다.
쨍그랑 소리가 나고 매표소에 불이 붙는다. 무대가 갑자기 확 밝아진다.
쨍그랑 소리에 놀란 주인이 뒤를 돌아본다. 매표소에 불이 붙은 것을 확
인하고 즉각 노인에게 달려간다.
기자는 캑캑, 기침을 한다.

주인　씨발, 지금 뭐 하는 거야!

주인이 화염병을 빼앗고 노인을 주먹으로 후려친다.
노인과 화염병이 바닥에 나뒹군다.

주인　아이씨, 내 돈!

주인이 매표소 안으로 들어가 자루와 돈뭉치 따위를 문밖으로 집어 던진
다.
노인은 화염병 쪽으로 기어가 마저 불을 붙인다. 그리고 매표소의 문 쪽
방향으로 거푸 던진다.
매표소가 큰 불길에 휩싸인다. 주인은 매표소에서 빠져나오지 않는다.
노인은 비틀거리며 힘겹게 일어선다. 절벽 쪽으로 걸어간다.
기자는 옆에 떨어져 있는 카메라를 집어 들어 노인을 찍는다. 불타는 매
표소를 찍는다.

노인이 절벽 밑으로 떨어진다.

기자는 멍하니 차에 기대어 앉아 있다.

전화벨이 울린다.

전화벨이 5번도 넘게 울렸을 때 기자는 발신인을 확인하고 전화를 받는다.

기자   야, 씨발 나 진짜 죽을 뻔했잖아!

기자가 울먹이며 수화기 건너편 사람이 하는 말을 듣고 있다.

기자   어, 다 찍었어. 녹음도 잘 됐어. 하, 이번에도 정규직 안 되는 건 아니겠지? 진짜 이번에도 안 되면 너무 빡칠 것 같아.

(사이)

기자   데리러 와. 빨리. 알았어. 내려가면 되잖아.

기자는 녹음기와 카메라를 챙기고 일어서서 무대 밖으로 퇴장한다.

막.

나를 한바탕 춤추게 한 선물

2019년은 오래도록 기억에 남을 한 해인 것 같습니다. 2월에는 의경 복무를 마치고 무사히 전역하였고 12월에는 이렇게 조선일보사에서 큰 선물을 받았으니 말입니다.

고교 시절부터 이런저런 백일장에 나가고는 했지만 한 번도 수상해본 적이 없습니다. 대입 후에도 매해 여기저기 글들을 투고해 보았지만 역시 당선은 되지 않았습니다.

그런데 조선일보에서 연락이 왔습니다. 저는 직감했습니다. '아, 이거 꿈이구나.' 입시 치를 때도, 의경 지원할 때도, 이런 식으로 합격했다고 연락이 오는 꿈을 꾼 적이 있기 때문입니다.

짐짓 별로 기쁘지 않은 척 당선 전화를 받고, 친구들과 술 한잔 마시고, 다음 날 일어나서 휴대전화를 켰더니 조선일보에서 온 문자가 정말 현실에 남아 있었습니다. 그제야 당선됐다는 사실이 실감 났습니다. 전역할 때처럼 춤 한바탕 추었습니다.

기다리는 시간이 지나가고, 다시 쓸 시간입니다. 이제 정말 시작입니다. 앞으로 더욱 정진하겠습니다.

늘 저를 지원해주시는 부모님께 감사의 말씀 올립니다. 오진원 선생님, 저는 여전히 선생님께 배운 것으로 씁니다. 백로라 교수님, 교수님께서 쓴소리해주신 덕분에 이 글을 고칠 수 있었습니다. 언제나 내 글을 읽어주는 선용이, 그리고 친구들. 모두 고맙다.

자살이라는 냉혹한 현실 해부한 블랙 코미디

응모작의 전반적 경향은 대한민국의 사회 병리적 현상에 집중되어 있었다. 작품 소재와 관심사는 다양했지만, 거대담론이나 정치 이데올로기보다는 일상 담론의 비중이 컸다.

청년 실업, 자살, 경제적 고통, 세대 갈등, 가족 붕괴, 학교폭력, 요양원, 타인에 대한 혐오, 차별 등 현재 대한민국에 산적해 있는 문제들을 소재로 삼았다. 가끔 독립운동, 위안부, 디스토피아적 미래 사회 이야기도 눈에 띄었다. 하지만 다수의 작품이 언론에서 자주 접하는 사회적 이슈에 극적 구성을 얹어 표면적 현상을 나열하거나 한탄하는 것에 그치고 있어 아쉬웠다.

많은 응모작 가운데 '절벽 끝에 선 사람들', 이예진의 '자리 없습니다', 윤미희의 '오후 2시', 이수민의 '이류'가 최종심에 올랐다. 심사위원들은 '절벽 끝에 선 사람들'을 이견 없이 당선작으로 선정했다.

'절벽 끝에 선 사람들'은 자살을 소재로 대한민국의 현실을 날카롭게 해부해 블랙 코미디 형식에 담아낸다. 제목, 등장인물, 장소, 오브제가 밀접하게 연결되어 있다. 절벽 끝에서 자살하려는 사람들과 자살을 도와 돈 버는 사람과 그 장면을 기록해 취업하려는 사람 이야기를 통해 냉혹한 현실을 보여준다.

기존의 자살 소재 작품들이 보여주었던 전개방식과는 다른 독창적 관점에서 자살과 관련된 등장인물을 다루고, 연극적 특성을 최대한 살려 시공간과 오브제를 운용한 방식이 효과적이었다. 작품의 밀도 있는 전개, 단계적 긴장감 고조,

반전 결말의 극적 구성 또한 다른 작품들보다 흡인력 있었다. 블랙 코미디 분야에 출현한 샛별 작가의 별빛이 예사롭지 않게 빛난다. 김준현 작가의 당선을 축하하며, 더욱 빛나는 작품을 기대한다.

임선옥 평론가·오경택 연출가

한국극작가협회 희곡 부문 당선작

저 나무 하나

■

임지수

1995년 출생
한예종 연극원 극작과 재학

등장인물

희영 (여. 26살. 푸른산림엔지니어링 사의 계약직 직원)

수길 (남. 57살. 산림방역 용역업체 베테랑 일꾼)

종찬 (남. 30살. 수길의 부하 직원, 입사 1개월 차 햇병아리)

노인 (남. 76살. 소나무 군락지의 주인)

시간

2019년의 늦가을

공간

소나무가 베어지고 있는 강원의 작은 소나무 군락지

소나무를 베는 전기톱 소리와 나무가 쓰러지는 소리가 들린다. 희영은 손에 태블릿을 들고 있다. 수길과 종찬은 나무를 벤 자리에 약을 뿌린다. 그 모습을 꽤 멀리서 바라보는 희영.

희영　(큰 소리로) 작업은 얼추 다 된 건가요?

수길　(작업 계속하며) 뭐라고요?

희영　(더 크게) 일 언제 끝나냐고 물었는데요.

수길　(작업에 열중하며) 뭐라는 거야. 안 들려요.

종찬　(수길 귀에 대고, 크게) 영희 씨가 작업 언제 끝나냐는데요?

희영　영희 아니고, 희영인데요!

수길　영희 씨가 뭐라고?

희영　희영이라고요!

수길　(인부들 들으라는 듯 우렁차게) 작업 중단!

전기톱 소리가 멈춘다. 수길이 희영에게 다가간다. 종찬은 수길을 쫄래쫄래 따라간다.

수길　영희 씨라고. 거 얼마나 중요한 말이라고 작업하는 사람 옆에서 쫑알쫑알 시끄럽게 떠들어요?

희영　영희 아니고 희영인데… 아니, 그게 중요한 건 아니고요. 여기 작업이 몇 시에 끝나는지가 궁금해서…….

수길　작업이야 여기 소나무 싹 베고, 약도 치고, 훈연도 하면 끝나는 거지. 뭘 그런 걸 물어봐. (종찬 보며) 야, 용달차는 언제 온대?

종찬, 수길의 질문에 당황하며 핸드폰 찾아 바지춤 뒤적인다. 어수룩한 모습에 수길이 한숨을 내쉰다.

수길	너 내가 아까 전화해서 미리 준비하라고 했어, 안 했어. 어? 어
	디 가서 초짜 티내고 다녀도 된댔어, 안 된댔어!
종찬	죄송합니다, 죄송합니다. 자꾸 까먹어서…….
수길	으휴, 답답이. 내가 너처럼 입사 1개월 때는 말이야. 선배들이
	말 안 해도 쪼로로로록 할 거 다 해놓고 그랬어 짜식아. 얼른
	용달차나 불러!
종찬	네! 근데…….
수길	(종찬 돌아보며) 왜?
종찬	번호가…없는데요.

수길, 종찬이 어이없다. 가슴께 주먹으로 치며 자신의 핸드폰을 종찬에게
넘긴다. 희영은 그 옆에서 초조하게 서 있다.

수길	5번 눌러. 앞으론 네 거에 따박따박 입력해 놔라.
종찬	네, 감사합니다!
수길	아가씨는 또 뭐? 할 말 남았어?
희영	어…여기 일 끝나면 딴 데도 들러주셔야 해서요. 알고 계시죠?
수길	저어기 저번에 산불 크게 난 데?
희영	알고 계시네요. 다행이다…….
수길	우리가 알아서 할 테니까 아가씨는 신경 끄고 내려가. 걸리적
	거려서 원……. 현장의 위험성을 모르니까 저러지.
희영	저기 그게, 저도 내려가고 싶은데요. 작업이 아까부터 너무 늦
	어지는 것 같아서, 걱정이 돼서요.
종찬	죄송합니다. 저한테 일 가르쳐주면서 하시느라 그런 거…
수길	(종찬을 자신 뒤로 세우며) 아가씨, 내가 이 짓만 30년을 넘게 했
	어. 작업은 착착 진행 중이고, 아가씨가 이러는 게 방해야. 알

고나 말해? (종찬에게) 용달차는?

종찬 30분 뒤에 도착한대요!

수길 들었지? 용달차 오면 게임 끝이야. 나무 쓰러진 거 같이 들어다
줄 거 아니면 좀 가요.

희영 (제자리에 서서) 네……

수길 아, 왜. 뭐 또 왜! 발이 땅바닥에 들러붙었어? 왜 안 가?

희영 갑자기 반말을 하시니까……. 제 이름도 아가씨 아니고요.

수길 그래, 영희 씨라고 불러드려야 가실 건가? 아니 애초에 왜 영희
씨가 작업 현장에 나와 있는데. 나는 그쪽 회사가 왜 안 하던
짓을 하는지 알 수가 없어. 원래 GPS나 띡! 나무 뭐 베라고만
띡! 그러곤 신경도 안 썼잖아. 거 회사에서 용역업체 일 잘하는
지 감시라도 하래요?

희영 그런 건 아니고요. 제가 자진해서 온 거라…

수길 거참, 그럼 시키는 것만 해요. 회사에서 시키는 것만. 일 돌아
가는 상황은 모르면서 아무짝에나 나선다고 누가 좋아할 줄 알
아요?

종찬 언제는 선배들이 말 안 해도 쪼로로로록 다 해놔야 한다면서
요.

수길 시끄러워! 넌 가서 약통이나 챙겨와.

종찬 네! ……다요?

수길, 눈으로 종찬에게 면박 준다. 종찬, 희영을 슬쩍 쳐다보곤 퇴장한다.
수길 주머니에서 담배를 꺼냈다가 한숨 크게 쉬더니, 풀이 죽은 희영을
보며 담배를 바지춤에 도로 찔러 넣는다.

희영 …….

수길 (한숨 쉬며) 몇 년 차요?

희영 1년 거의 채워가요.

수길 계약직?

희영 네. 근데 곧 정규직 전환될 것 같아요.

수길 좋겠네.

희영 ……그렇죠.

수길 여기는 진짜 왜 왔어요?

희영 네?

수길 제 발로 찾아 왔다면서. 아무도 안 시켰는데.

희영 그냥 그래야 할 것 같아서요. 뭐라도 하면 더 열심히 하는 것처럼 보일 거 아니에요. 막 열의에 차보이고. 책임감도 있을 것 같고.

수길 얼씨구. 꼭 누구 보는 것 같네.

희영 아까 그분이요?

수길 종찬이?

희영 그분 이름이 종찬이구나.

수길 걔도 참 열심히 살지. 다 열심히는 하지. 힘든 건 없고?

희영 (긴 사이) 저 말 안 한 거 하나 있는데요.

수길 뭔데요.

희영 사실 여기가 텅 비는 게 보고 싶어서 왔어요.

수길 뭐 좋은 구경거리라고.

희영 그냥…요샌 어디든 다 **빽빽**하잖아요. 건물도 그렇고 산도 그렇고. 막 우글우글 징그럽게. (사이) 저는 좀 뻥 뚫린 게 좋달까… 아무튼요!

수길 별스럽긴. 아 뭐든 있으면 좋은 거지. 든든하고. 여기도 나무가 한 50그루 됐나? 나무가 있을 때나 보기 좋지, 모조리 베고 나니까 숭덩숭덩한 것이 영…….

184

희영 어차피 죽어버릴 거, 죽여 보고 싶어요.

수길 뭐?

희영 나무요. 저 여기서 재선충병 걸린 소나무를 처음 봤거든요. 왜요, 그 소나무재선충병은 전염력이 어마어마하잖아요. 병 걸리면 지가 버텨봤자죠. 오죽하면 재선충 병을 소나무에이즈라고 부르겠어요? 길어봤자 몇 달 버티다 픽……. (사이) 나무 하나만 병에 걸려도 나머지 멀쩡한 애들까지 죽어버리고요.

수길 소나무에이즈……. 어마무시하지. 여기도 재선충병 걸려서 골골대던 나무는 한 그루밖에 없었잖아. 나머지야…당장 티는 안 나도 걸렸을 게 뻔하니까 베는 거고. (사이) 직급이 뭐야?

희영 네?

수길 편하게 부를 만한 게 필요해서 그래. 내 아들이 생각나서, 젊은 사람한테 누구 씨, 누구 씨 하는 거 낯간지러워.

희영 그냥 이름 불러주세요. 회사에선 제 이름 불러주는 사람이 아무도 없거든요.

수길 아, 싫어. 나는 직급 부르는 게 편해.

희영 ……그럼 김 사원이라고 불러주세요.

수길 그래, 김영희 사원.

희영 저는 김영희가 아니라…

수길 됐고, 거 젊은 사람이 칙칙한 생각하지 말고 얼른 가거나 해요. 회사는 어쩌고 왔어?

희영 클라이언트가 불러냈다고 하고 나왔어요. 여기 주인이요. 이 정도 깡은 부려도 괜찮겠죠?

수길 안 들키면, 안 한 거야.

희영, 조금 웃는다. 이때 종찬, 약통을 한아름 들고 등장한다.

종찬   팀장님! 이거 어디다 둘까요?

수길   아니, 너는 이걸 왜 이짝으로 가져와? 빈 깍대기나 용달차에 신게 갖다 놓을 걸?

종찬   팀장님이 가져오라고 하셨잖아요.

수길   ……내가 너를 어쩌면 좋으냐. 내려가서 담배 한 대 태우고 올 테니까, 넌 여기서 용달차 오는 거나 기다려. 알았어?

종찬   죄송합니다. 안녕히 다녀오세요!

수길, 퇴장한다. 종찬, 그러기 무섭게 땅바닥에 빈 약통 우르르 쏟아놓는다.

종찬   …팔 다 떨어지겠다.

희영   괜찮아요?

종찬   이 정도는 참을 만해요. 이따 용달차에 나무 신는 게 문제죠.

희영   50그루밖에 안 되잖아요. 힘내세요.

종찬   …….

희영   왜 말이 없으세요?

종찬   아닙니다. 고작 50그루가 맞죠.

희영   왜 그러세요?

종찬   (시선 피하며) 아무것도 아니에요…….

희영   저기요.

종찬   네?

희영   저 고사목을 꼭 신고 가야 한대요?

종찬   어…다른 방법이 없지 않나요? 여기다 버려두고 갈 수는 없잖아요. 매개충보고 도망가라고 길 터주는 것도 아니고.

희영   그게 아니라요. 태우면 좋겠어서요.

186

종찬　소각이요? 여기선 못 태워요.

희영　알아요. 요새는 산불나기 십상이니까. 그냥 다른 데에서라도 태우면 좋겠다 싶어서.

종찬　저 나무토막들 트럭에다 옮기고, 옮긴 걸 또 내리고, 내린 걸 또 죽을 똥 싸면서 다시 쌓고……. 소각하려면 그래야 한다던데요. 저희 팀장님이.

희영　그래도 태우는 게 더 예의 있어 보이잖아요.

종찬　나무한테 예의 차리시게요?

희영　예의라기보단, 눈에 계속 보이면 좀 그렇잖아요. 쓸모도 없는데…….

종찬　글쎄요. 전 잘 모르겠는데.

희영　태우면 좋잖아요. 그냥… 저는 태우고 싶더라고요.

종찬　…혹시 저기 산불 난 거, 관련 있으시진 않죠? 왜요, 그 난리였잖아요. 군인들이 우르르 헬기까지 끌고 막. 민간인도 몇 명 죽었고.

희영　그냥 그러고 싶은 걸 수도 있잖아요. 좀 답답할 때.

종찬　사는 게 되게 퍽퍽하신가 봐요.

희영　그쪽보단 덜 퍽퍽할 걸요. 아까도 엄청 혼나시던데.

종찬　퍽퍽하냐, 덜 퍽퍽하냐 따지는 거 바보래요. 둘 다 어차피 퍽퍽한 걸 뭘 따지고 앉아있냐고 그러더라고요.

희영　누가요?

종찬　저희 팀장님이요.

희영　팀장님을 굉장히 좋아하시나 봐요.

종찬　갈굼 당하는 거 보셨다면서요.

희영　혹시 알아요? 팀장님이 그쪽 정직원 만들어 주실지.

종찬　…저 계약직인 건 어떻게 아셨대요. 팀장님이 까발리셨어요?

희영 그게 뭐 까발렸다고 할 만한 건가요. 저도 계약직이니까 그쪽
      도 그렇지 않을까 한 거지. 물론 전 곧 정규직이 될 예정이긴
      한데……아무튼, 팀장님은 그런 말 하신 적 없어요. 꽤 괜찮은
      분 아니에요?

종찬 제 아버지에요.

희영 네?

종찬 팀장님이요.

희영 아, 안 닮으셨네요.

종찬 외탁했어요. 집구석에서 놀고먹는 아들, 아버지가 꼴 보기 싫
      다고 이 회사에 꽂아주셨어요. 덕분에 회사 분들한테는 최 팀
      장 아들이라고 불리죠. 다들 어미 닭 따라온 햇병아리 보듯 하
      세요.

희영 혈연 되게 좋네요.

종찬 월급 떼먹힐 일은 없을 것 같아요. 그래봤자 얼마 주지도 않지
      만.

희영 …괜한 얘길 꺼낸 것 같아요.

종찬 앞으로 얼굴 볼 일 없잖아요. 좀 솔직하게 얘기한다고 창피할
      일 없어요.

희영 ……일은 할 만하세요?

종찬 불편해요. 할 만하다는 수준도 아니고, 저하고 너무 안 맞아
      서……. 아직 일한 지 한 달 됐는데, 첫날부터 감이 오더라고요.
      난 우리 팀장님 아니었음 진즉에 잘렸겠구나…….

희영 아직 한 달 차시니까……. 적응되면 달라질 거예요.

종찬 다들 왜 그래요? 나도 아는 사실을 다들 그런 식으로 모른 척하
      고. 그게 차라리 속 편한가. 다른 회사사람들도 그렇고, 거기에
      우리 팀장님은 한술 더 뜨고. 사람들이 전부 얼굴을 두 개 들고

다니는 것 같아요. 역겨워.

희영 왜 말을 그렇게 하세요.

종찬 못 됐나요.

희영 무슨 말을 해야 할지 모르겠어요.

종찬 ……곧 잘린데요.

희영 네?

종찬 우리 팀장님이요. 명예퇴직 권고 대상자에 이름이 있대요. 우연히 사람들 얘기 들었어요.

희영 팀장님도 아세요?

종찬 모르시죠. 아무도 말 안 하니까. 좀 더 나중에 알게 되시지 않을까요.

희영 제가 뭐라고 위로해드려야 할지…….

종찬 (긴 사이) 오늘 벤 나무 있죠.

희영 네.

종찬 고사목은 하나였잖아요.

희영 그랬죠.

종찬 저 나무 하나 때문에 전부 베는 거, 좀 인정머리 없는 것 같아요. 나머지 소나무 속에 벌레가 알을 깠는지 어떻게 그렇게 쉽게 확신해요? ……그렇잖아요.

희영 경험에서 나오는 짬을 무시했다가 큰 코 다치는 수도 있어요.

종찬 그래도 고민은 해야죠. 영희 씨는 단 1초의 고민도 없이 남들 짬빱만 믿고 가세요? 정말 저 멀쩡한 소나무들이 병에 걸렸다고 확신하냐고요.

희영 제가 왜 확신을 해요.

종찬 …….

희영 내가 뭐라고.

종찬　저기, 제가…….

희영　묻지 마세요.

종찬　영희 씨.

희영　제 이름 영희 아니니까 그렇게 부르지도 말구요. 용달차는 아
　　　직이래요?

종찬　(사이) 글쎄요. 지금쯤이면 전화라도 와야 하는데…….

전화벨 울린다. 종찬, 자기 핸드폰인 줄 알고 받으려 하지만 희영에게 온
전화다. 희영, 받자마자 "너 어디야!" 하는 여자 목소리 들린다. 희영이 전
화에 대고 "네, 대리님!" 하며 급히 퇴장한다. 혼자 남은 종찬, 머리를 긁
으며 빈 약통 발로 통 찬다. 이때 수길이 등장한다.

수길　(종찬 등 때리며) 얌마, 넌 왜 엄한 데 화풀이야. 삐졌냐?

종찬　…팀장님 오셨습니까.

수길　(주머니에서 캔커피 꺼내주며) 여기 우리 둘밖에 없어. 집에서 하
　　　던 대로 해.

종찬　(커피 받고) 일터에서 아버지라고 하면 안 된다면서요.

수길　아무도 없잖냐. 나도 숨 좀 트고 살자. 커피, 아직 따듯하지?

종찬　언제 다 사오셨대요.

수길　새벽 댓바람부터 가슴에 품고 왔지. 어때, 따듯해?

종찬　팀장님 건요.

수길　어, 요새 속 아파서 딴 사람 줬어. 너나 얼른 먹어.

종찬　…용달차가 아직도 안 오네요.

수길　뭐 인마?

종찬　죄송합니다, 팀장님.

수길　어휴, 답답이. 야 너는 내가 회사에서 일 잘해야 한다고 했어,

안 했어?

종찬 했죠. 집에서도 딱 세 마디 하시잖아요. 일 잘하자. 밥은? 별일 없지?

수길 …….

종찬 무슨 앵무새세요?

수길 그래도 너 직장 생활하고 나서는 다른 얘기도 하잖아. 내가 어? 동료들 앞에서 면은 서야 될 거 아니냐. 내가 데려온 아들래미 책 잡히면 되겠냐? 회사에 적응 잘하게 도와주고 있는데 너는…!

종찬 저도 잘하고 싶어요. 노력도 하고 있고요.

수길 근데 용달차는 왜 안 와. 넌 일 잘하는데, 용달차가 널 배신했냐? 아니면 용달차가 안 오는 걸 나더러 어쩌라는 거냐, 뭐 그런 거야?

종찬 저도 숨 좀 트고 살고 싶다는 건데요. (사이) 아버지, 저 퇴사하면 안 될까요……. 정말 어렵게 생각하고 드리는 말이에요.

수길 너 여기서 일한 지 고작 한 달 됐다. 어렵게 생각했는데 왜 고작 한 달만 고민하다 말해. 그냥 일 해.

종찬 뭐 1년은 고민해야 오래 생각한 거예요?

수길 최소 10년은 일해보고 말해.

종찬 제 나이 서른이에요. 지금 다른 일 찾는 것도 늦었다고요.

수길 그러니까 여기서 10년은 있어 보라고.

종찬 마흔에 어디 가서 새로운 직장을 얻어요!

수길 그니까 여기서 계속 일하라고! 네가 여기 말고 일할 수 있는 데가 어디 있어!

종찬 아버지!

수길 뭐, 왜! 나한테 소리 지르지 마. 나 귀 안 먹었어.

종찬   귀머거리 맞잖아요! 맨날 전기톱 소리 아니면 시끄러운 분쇄기 소리나 듣는데, 귀가 먹지 안 먹어요? 그뿐인가, 치질에 허리디스크도 추가하셔야죠.

수길   이, 이놈의 새끼가!

종찬   아버지도 힘들잖아요. 아버지도 힘들 게 일하면서 왜 저도 같이 힘들라는 건데요?

수길   너 딴 데 가면 안 힘들 줄 알아? 똑같이 힘들어. 어디든 다 힘들어!

종찬   안 해본 걸 어떻게 알아요. 이것도 빌어먹을 짬뽕이에요?

수길   그래 빌어먹을 짬뽕이다, 이 애새끼야!

종찬   아버지 짬뽕은 여기서나 통하는 거죠. 이 일 말고 정작 다른 일은 해보신 적 있으세요?

수길   돌아보니 이 일 만큼 괜찮은 게 없어! 나 최수길이는, 다음 생에 태어나도 이 손에 톱을 쥘 거야. 이 산에서 저 산으로 나무나 만질 거라고. 아주 한 군데서 죽을 때까지 일할 거야! 아, 얼마나 멋져? 난 내가 자랑스럽다. 하늘을 우러러 한 점 티끌도 없이 자랑스럽다 이 말이…!

종찬   저는 부끄러워요.

수길   ……뭐?

종찬   부끄럽다고요. 전부.

종찬, 수길을 집요하게 바라본다. 수길의 기세등등한 표정이 무너진다. 두 사람 사이의 침묵이 길어지던 때, 종찬에게 전화가 온다.

종찬   (받으며) 네, 용달차 기사님이시죠. 예? ……오다가 수렁에 바퀴가 빠져요?

수길   (종찬 쳐다보며) 뭔데? 안 들려, 더 크게 말해.

종찬   (통화하는) 아 왜 멀쩡한 길에 수렁이 있대요? (사이) 예? 그걸 내
       가 어떻게 아냐고요? 무슨 그런……

수길   (종찬 핸드폰 냅다 뺏으며) 여보쇼. 나 에스앤티 최수길 팀장인데.
       어어, 그래, 김 기사. 어, 맞아 그 최 팀장. 일주일 전에도 같이
       작업했잖아. 어, 수렁에 빠졌어? 그 뭐야, 그럼 여기까지 오는
       데 얼마나 걸려? (사이) 오오케이, 그럼 그렇게 하고 이따 도착
       하면 다시 전화 줘. 어, 내 번호로. 그래. (전화 끊는다.)

종찬   …뭐래요?

수길   ……오긴 온대.

종찬   언제요?

수길   뭐, 수렁에서 나오면 오겠지…….

종찬   그 짬빱은 이런 경우에 어떡하면 되는지 안 알려줘요?

수길   너 커피는 안 마시냐?

종찬   가슴에 품고 있었다면서요. 왜 냄새가 나……. 겨드랑이에 끼우
       고 있었어요?

수길   까탈스럽긴…….

종찬   땀 냄새가 캔커피에 배길 왜 배냐고요.

수길   담엔 그냥 바지에다 넣고 올게!

종찬   그럼 이제 어떡해요?

수길   일단……

종찬   일단?

수길   기다려야지 뭐…….

종찬   팀장님.

수길   때를 기다렸다 가는 것도 필요한 법이야. 원래 다 그래.

종찬   여기 후딱 해치우고 딴 데도 가야 된다고 했잖아요. 그… 영희

씨가.

수길   김 사원한테 상황 설명해야지 뭐.

종찬   영희 씨 이름이, 사원이래요?

수길   그건 또 뭔 소리야? 됐고, 김 사원 어디로 갔어?

종찬   아까 전화 받으러 저쪽으로 가던데요. 회사에서 전화 왔나 봐
       요. 화내는 소리 들리던데…….

수길   들켰나 보네. 그러게 가랄 때 가지.

종찬   고사목 태우는 게 엄청 보고 싶었나 봐요.

수길   (혼잣말 하는) 죽이고 싶다는 게 태우고 싶다는 말이었나……?

종찬   고사목 태우는 거 많이 해보셨죠.

수길   그런 걸 뭘 물어. 수천 번은 했겠네.

종찬   그때마다 기분이 어떠셨어요?

수길   나무 태우면?

종찬   네.

수길   태산 같던 게 요만해지는 거지 뭐. 혼자 끙끙대도 못 들던 게
       아주 우스워지고……. 저렇게 큰 나무가 부피만 크다는 걸 알게
       되면 말이야.

종찬   …….

수길   모양 빠져. ……별 거 없고.

종찬   …….

수길   한순간에 가벼워지는 게 사람 놀리는 것도 아니고 말이야. 기
       분이 아주 뭣 같아. 그래서 태우는 게 싫다니까. 차라리 약으로
       발라버리는 게 낫지. 그건 뭐가 눈앞에 남기라도 하니까…….

종찬   ……사원 씨는 괜찮겠죠?

       수길, 종찬을 바라보며 고개를 절레절레 젓는다. 바닥에 주저앉는다.

194

종찬, 수길 따라 바닥에 앉는다. 희영, 등장한다.

희영   팀장님!

수길   어, 김 사원.

희영   혹시 오다가 할아버지 한 분 보셨어요?

종찬   무슨 할아버지요?

희영   여기 산 주인이요. 회사에서 전화가 왔는데 그…

수길   상사한테 땡땡이 걸렸구만.

희영   ……네.

종찬   땡땡이요?

희영   아무튼 그게 중요한 게 아니고요. 제가 회사에 여기 산 주인 할
      아버지가 클레임을 걸어서 만나고 온다고 뺑쳤거든요. 근데 진
      짜 그 할아버지가 회사에 전화를 건 거예요…….

수길   뭐 딴지라도 걸었대?

희영   아뇨……. 일은 잘 마무리됐냐고, 날도 추운데 고생하셨다 그랬
      대요.

종찬   와아…….

희영   차라리 딴지를 거시지!

수길   남탓하지 말고, 수습을 해야지. 회사부터 가.

희영   일단 그 할아버지가 여기로 오신대서요. 곧 도착하실 거라는
      데…… 왜 아직도 나무들이 쌓여있어요? 용달차는요?

수길   수렁에 빠졌대.

희영   네? 그럼 다음 일정은 어떡하고요!

종찬   어… 내일 한다고 하면 안 될까요?

희영   그게 문제예요? 내가 이중으로 깨지게 생겼는데. 안 그래도 중
      요한 시기에…….

수길	아무리 나라고 길바닥 수렁까지 케어 하나? 어디 길바닥에 있는 건 줄 알고?
희영	그래서 용달차 언제 오는데요. 할아버지보단 일찍 오신대요?
수길	최대한 빨리 온다고는 했어. 뭐 정 그러면 직접 용달차 기사랑 통화해 보든가.
희영	아 진짜……. 일정 빵꾸나면 회사에서 노발대발할 텐데. (수길 보며) 믿었는데, 금방 마무리된다면서요!
수길	나 신 아니야. 왜 나를 믿어?
희영	팀장님이 아니라 팀장님 경력을 믿었던 거죠! 아, 진짜…….
종찬	사원 씨, 그 이렇게 된 것도 다 운명…아닐까요?
수길	얜 뭔 놈의 운명타령이야.
종찬	그 회사에서 나오라는 운명이요.
희영	전 여기 그만둘 생각 없거든요? 평생 직장할 거예요!
수길	…김 사원, 이 시대에 보기 드문 진정한 청년이구만! 지금 몇 시야?
희영	오후 3시쯤 됐어요.
종찬	요즘 해 빨리 지던데……. 지금 용달차가 와도 어차피 다른 곳 못 가지 않을까요?

희영, 울상이다. 수길이 종찬을 툭, 찬다.

수길	울지마! 여차하면 내가 후레쉬를 마빡에 매달고서라도 일할 테니까.
종찬	진짜요, 팀장님?
수길	사람이 말이야. 자기 일에 책임감을 가져야 한다 이 말이야. 너, 보고 배워라.

196

종찬　그럼 일단 후레쉬 몇 개 있나 찾아볼게요.

수길　뭐? (희영 힐끗 본 뒤) 야, 같이 가!

종찬과 수길이 퇴장한다. 희영, 바닥에 쭈그리고 앉는다. 핸드폰 벨소리 울린다. 희영, 받을까 말까 고민하는 사이 벨소리 끊어진다. 이때 노인 등장한다.

노인　거기 누구요?

희영　혹시 여기 주인 할아버지 되시나요?

노인　맞는데, 누구시오?

희영　아, 안녕하세요. 푸른 엔지니어링 사원 김희영이라고 합니다. 제가 여기 담당자에요.

노인은 말없이 희영을 바라보지만 그녀를 신경 쓰지는 않는다.

희영　그…아직 주변 정리가 덜 됐어요. 보시다시피.

노인　그랬구만. 고생했어.

희영　그…인사는 아직 이른 것 같은데요. 아직 일이 다 안 끝나서…

노인　언젠간 다 할 거 아니야. 나 죽기 전엔 하겠지.

희영　…….

노인　급할 거 없어.

희영　감사합니다.

노인　……참 싹 비었네.

희영　네?

노인　소나무. 내 나무들.

희영　아아…….

노인	아가씨가 직접 벴어?
희영	아뇨. 전 그런 일은 못해요. 다른 업체에서 대신…… .

노인, 밑동만 남은 무대를 천천히 바라보다 가까운 나무 밑동을 골라 앉는다. 심하게 기침을 하기 시작하는 노인.

희영	저기, 할아버지.
노인	왜 불러?
희영	여기는 할아버지 산이니까 할아버지가 오시는 게 이상한 건 아닌데요. 근데, 왜 오신 거예요? 몸도 편찮으신 것 같은데.
노인	그러는 아가씨는? 회사에 거짓말까지 했던데.
희영	저야 뭐, 보고 싶은 게 있어서요.
노인	산에는 볼 거 많지.
희영	보통은 보고 싶은 게 뭐냐고 물어보지 않나요?
노인	안 궁금한 걸 물어봐서 뭐해.
희영	네?
노인	그냥 보고 싶은 게 있어서 왔겠거니 하면 됐지. 피차 입 아프게 굴면 피곤해.
희영	…… .
노인	(심하게 기침 한다.)
희영	괜찮으세요? 그냥 저랑 같이 내려가실래요?
노인	일 없어. 때 되면 어련히 알아서 내려갈까.
희영	혹시, 할아버지도 보고 싶은 거 있어서 오셨어요?
노인	(다리 주무르며) 아이고, 삭신이야. 쌔빠지게 올라왔더니……나 원 참.
희영	왜요?

노인　이거 봐, 다 밑동만 남아서는……당최 이게 무슨 나무였는지 모르겠네.

희영　그러게요. 베기 전엔 소나무가 되게 멋있었는데.

노인　한결같이 파랬지. 그런 게 좋았어…….

희영　그러셨구나.

노인　영원히는 아니더라도 좀 더 오래 보고 싶었는데.

희영　어쩐지……. 고사목 신고를 너무 늦게 하셨더라구요. 다른 산 주인들은 발견하면 바로 신고하는데. 할아버지는 뭐랄까…일부러 방치하셨던 거네요.

노인　다 썩어가는 나무인데도 아쉬운 걸 어째……. 그리고, 내가 저 나무를 발견했을 때도 이미 늦었어. 그때부터 여기 있는 나무는 죄다 잘라야 했을 거야. 그래서 신고할 생각도 없었지. 어차피 자를 거 하나라도 더 오래 보고 싶었으니까.

희영　그랬는데 왜 신고를…….

노인　(사이) 아가씨는 이렇게 살아서 뭐하냐는 말, 해 본 적 있어?

희영　네?

노인　우리 집사람이 며칠 전에 그런 말을 하더라고. 이렇게 살아서 뭐하냐고. 아, 한평생 남 같던 사람이었는데……. 그때만큼은 내 속에 들어갔다 나온 줄 알았다니까. 내가 아주 진땀을 뺐네.

희영　왜 그런 말씀을 하셨대요. 할아버지 사는 게 어때서. ……저는 차라리 할아버지가 부러워요. 인생을 거의 다 사셨잖아요. 잃어도 괜찮을 나이시고.

노인　아가씨는 지금이라고 안 그럴 줄 알지?

희영　죄송해요. 그런 뜻은 아니었는데……. (사이) 제가 꼭 이래요. 상처 주는 말을 아무렇지 않게 하나 봐요. 남들처럼.

노인　저어기 좀 봐.

희영   나무 토막이요?

노인   겉으론 멀쩡해 보이는데 저 안에 뭐가 들었겠어.

희영   소나무 매개충이요.

노인   예끼, 그건 아무도 몰라. 나 멀쩡합니다, 하고 사니까 아무도 몰라. 저 나무토막도 그렇게 몇 달을 버티다 잘린 거야.

희영   그래봤자 다 죽잖아요. 소나무에이즈라는 말이 괜히 있는 말이 아닌데.

노인   결국 다 죽지. 근데 죽기 전에 나무들도 사정이 달라. 어떤 나무는 해충이 알을 까면 하루 만에 잎이 바래고, 어떤 나무는 악착 같이 살아. 일 년까지 짱짱한 나무도 본 적 있거든.

희영   …나무들이 왜 그렇게 달라요? 어느 건 약골이고 어느 건 쌩쌩하고. 그런 거 처음부터 정해져 놓고 나와요?

노인   왜, 억울해?

희영   재들도 짜증날 걸요. 불공평하잖아요. 소나무재선충병의 유일한 장점이 있다면요, 그건 나무를 전부 베어야 한다는 거예요. 전부 죽는 거요! 하나만 죽으면 어떡해요. 전부 죽는 게 마땅하잖아요. 그게 맞아요!

노인   (긴 사이) …아가씨, 며칠 전에 크게 산불 났던 거 말이야.

희영   알아요. 사람도 몇 명 죽었잖아요. 군인이었나, 민간인이었나…….

노인   그때도 그렇게 생각했어?

희영   네?

노인   방금 아가씨가 한 말. 그때도 그런 생각을 했느냐고.

희영   그거야, 안 됐죠. 다 같이 불 끄러 갔다가 몇 명만 그렇게 됐으니까……. 저였으면 저승에서 땅을 치고 원망했을 걸요. 누가 같이 불 끄러 가자고 그랬냐고 아주…

200

노인	……
희영	왜…우세요?
노인	울기는? 노인네 헛소리 다 들었으면 얼른 가. 아가씨 회사엔 내가 잘 말해볼게.
희영	할아버지.
노인	날이 차네, 어여 가. 아직 겨울도 아닌데 뼈가 시릴 건 뭔지 …….
희영	……진짜 회사에 전화해주실 거예요?
노인	내가 아가씨한테 거짓말해서 뭐해.
희영	……감사합니다, 할아버지.
노인	얼굴이 하얗게 질렸네. 잘릴까 봐 걱정했어?
희영	(주저하다) 예전에요. 옆 팀에 그냥 인사만 하던 언니가 있었거든요. 그 언니가 되게 쉽게 잘렸어요. 그 언니는 잘못한 거 없었는데…….
노인	그랬어?
희영	네. 제가 이름 물어보기도 전에 쫓기는 사람처럼 퇴사했어요. 한 일주일 봤나……. 화장실에서 마주치면 먼저 말 걸어주고, 웃어주고 그래서 되게 인상이 좋았던 언니였는데…….
노인	딱하네.
희영	회사에선 이유야 어쨌든 자르고 싶으니까 자르는 것 같았어요. 요새 많이 어렵거든요…….
노인	아가씨는 회사에서 지내기 괜찮고?
희영	누가 시킨 것도 아닌데 화장실을 하루에 딱 2번밖에 못 가요…….
노인	그 퇴사했다는 아가씨 소식은 좀 알아?
희영	아뇨. 회사 사람들은 가끔 그 언니 얘기를 하는 것 같은데, 전

일부러 안 들었어요. 너무 쪽팔려서. 제가 그 언니 마지막 보던 날 그랬거든요. 정말 용기내서 말 걸었는데, 하필 내뱉은 말이 완전 바보 같았어요. (당시를 떠올리듯이) 성함이 어떻게 되세요?

노인 그랬더니?

희영 웃던데요. 어이없었을 거예요. 그 언니는 저 때문에 잘렸거든요. 제가 입사해서. 그러니까 우습잖아요. 그런 주제에 앞으론 볼일도 없는 사람 이름을 묻는다는 게…….

노인 ……이름 정도야 알면 좋지.

희영 저 아직도 그 언니 이름 몰라요. 그 언니가 뭐라고 말한 것 같은데 못 들었어요. 제가 도망쳐서. 들으면 제가 못 버틸 것 같았어요. 그 언니 이름…….

노인 …….

희영 왜 아무 말씀도 안 하세요?

노인 나무 좀 보느라.

희영 이제 여기 아무것도 없잖아요.

노인 밑동은 남았잖아. 뭐가 있었다는 증거지. 막상 보니까 올라오면서 상상했던 그림이랑 많이 다르구만.

희영 어떻길 바라셨길래…….

노인 …있는 거라곤 흙바닥뿐이라도, 어떤 나무가 있었는지는 알아볼 수 있는 거……. 근데 참 어수선하구만.

희영 곧 용달차 올 거예요. 그럼 좀 깨끗하게 정리할 수 있어요. 원하셨던 대로.

노인 내가 이거 그대로 뒀으면 좋겠다 그러면, 남겨두고 가나?

희영 어…왜요? 그러고 싶으세요?

노인 (사이) 아가씨는 보고 싶었던 거 봤어?

희영 아니요. 아직.

노인 오늘은 못 보는 건가?

희영 글쎄요. 꼭 보고 싶긴 한데……. (사이) 근데요.

노인 (희영 바라본다.)

희영 제 이름, 아가씨 아니에요.

노인 알아.

희영 (사이) 저기, 가족들이 할아버지 여기 오신 거는 아세요? 날도 춥고 건강도 걱정하실 텐데.

노인 …….

희영 저랑 같이 내려가실래요?

노인 먼저 가. 나는 좀만 더 있다가…….

희영 정말 괜찮으신 거 맞죠?

노인 뭐가?

희영 그냥요. 다요……. 여기 소나무가 엄청 오래된 것 같더라고요. 이렇게 돼서 속상하실 것 같아서.

노인 아가씨.

희영 …저는 밀린 업무가 있어서 빨리 회사에 가야 되는데……. 사실 아까 전화 받았을 때요. 신입사원이 들어왔다고 얼른 와서 일 가르치라고 하더라고요. 안 그래도 일이 많은데, 할 게 더 늘어 버려서 저도 참…

노인 …….

희영 곤란하고 그러네요. 그래서 진짜 얼른 들어가 봐야 되는데요.

희영, 참다가 주저앉는다. 노인이 희영을 가만히 내려다본다.

희영 저 진짜, 정말. 왜 이렇게 몸이 안 움직일까요?

긴 침묵이 흐른다.

노인 아가씨.

희영 걸을 수가 없어요…….

노인 나도 차라리 저기 누워있는 나무가 부럽네.

희영 제자리에 서 있기만 하는 데도 힘들어요.

노인 ……땅바닥에 누워서, 참 편해 보여.

희영, 무릎 사이에 묻었던 고개를 간신히 드는데 수길과 종찬이 옥신각신
하며 등장한다.

종찬 사원 씨! 아직 안 가셨네요. 왜 거기 쭈그리고 계세요?

수길 그 후레쉬는 하나밖에 없더라고. 용달차는 뭐……하여간 느려
      터졌다니까.

종찬 저보고 하는 말씀은 아니시죠?

수길 왜 아니야? 넌 인마, 나 따라오려면 한참은 멀었다. (노인 보며)
      김 사원, 저분이 여기 주인이셔?

희영 아, 네. 인사하세요. 여기는 산 주인이신……. (노인을 힐긋거리다
      입 다문다.)

수길 반갑습니다. 에스앤티 최수길 팀장입니다. 아무튼, 여기 나무
      정리하는 거는 시간이 더 걸릴 것 같아서요. 기다리지 마시고
      어르신도 내려가시면…

종찬 사원 씨, 우셨어요?

희영 신경 쓰지 마세요.

수길 넌 아까부터 왜 김 사원 보고 사원 씨래? 멀쩡한 이름 놔두고.

종찬 이름이 사원 아니에요?

204

수길	어휴, 어휴 이 반푼이……! 김영희 사원이야, 줄여서 김 사원!
종찬	그걸 왜 이제야 말해요? 영희 씨는 왜 말 안 해주셨어요!
희영	안 중요하잖아요. 제 이름이 김 사원이든 김영희든, 실은 관심 없잖아요.
종찬	뭐라고요?
희영	그래서 자꾸 남의 이름 멋대로 불러재낀 거 아니에요?
수길	그만들 해. 지금 그게 중요해?
희영	난 적어도 남의 이름 이상하게 부르는 짓은 안 해요. 함부로 안 부른다고요.
수길	시답잖은 걸로 싸울 거면 내려가! 용달차가 급한 마당에 정신 사납게시리.
종찬	아버지는 일밖에 몰라요? 일 빼고 다른 건 아버지한테 전부 시답지 않은 거냐고요.
수길	왜 나한테 성질이야?
종찬	그렇게 일해서 아버지한테 남은 게 뭔데요? 아무것도 없잖아요. 쥐뿔 아무것도 없어!
수길	이 자식이 아까부터……! 뭐 잘못 먹었냐? 아까부터 나한테만 시비야.
희영	(종찬 보며) ……그만하세요!
종찬	그게… 그러니까…….
수길	말해. 너 나한테 하고 싶은 말 있지. 뭔데? 말 못 해서 낑낑대지 말고, 말을 해.
희영	그만하시라구요!

종찬, 결국 수길의 눈을 피해 등을 돌린다. 입을 꽉 다문다. 희영은 애써 종찬과 수길에게서 고개를 돌린다. 텅 빈 산에 침묵이 내려앉는다. 노인,

천천히 일어선다.

노인 용달차는 언제 올지 모른다고?

수길 ……예. 수렁에 빠졌는데, 건지고 보니 바퀴가 펑크 났다나 뭐라나.

노인 그럼 해산들 하지 왜 서 있어.

종찬 그러는 어르신은 왜 안 가시고…….

노인 힘들게 올라왔으니 천천히 내려가야지. 아가씨도 느긋하게 가. 산 내리막길, 빨리 내려가는 놈은 바보천치야.

희영 …….

노인 (수길 보며) 자네는 가도 되는 거 아닌가?

수길 거, 용달차 오는 건 봐야 하지 않겠습니까.

종찬 바퀴 펑크 났다면서요.

수길 그래도 오긴 할 거 아니냐.

종찬 ……하는 수 없네요. 팀장님보다 먼저 퇴근하면 욕할 거 아니에요.

수길 눈치라는 게 후천적으로 생기는 경우도 있냐?

노인, 세 명을 차례대로 바라보다 나무의 밑동들로 시선을 옮긴다.

노인 그럼, 좀 더 이러고 있든가.

침묵이 다시금 내려앉는다. 나머지 세 사람의 시선 또한 흩어진다. 각자 다른 곳을 보고 있는 듯, 방향이 다르게 서 있는 네 사람. 멀리서 용달차가 달달, 시동이 켜졌다 꺼지는 소리가 들린다. 천천히 암전.

　어떻게 시간을 보내야 하는지 막막할 때가 많습니다. 혼자 있는 시간을 좋아하면서도 막상 혼자 있으면 내가 살아가는 중이 아니라 버텨가는 중이라는 생각이 듭니다. 글을 쓰게 된 것도 버텨야 할 시간이 너무 더디게 흘렀기 때문이었는데. 등단이라는 예상하지 못했던 행운 덕분에 요즘은 시간이 잘 갑니다. 나중이 되면 글을 쓸 때도 힘든 순간이 당연하게 찾아오겠지만, 그런 순간에도 시간은 잘 흐르고 있을 테니 그것만으로도 괜찮을 것 같습니다. 지금껏 그랬듯이 앞으로도 시간이 잘 흐를 수 있게끔 계속해서 글을 써야겠습니다.

■ 심사평

접수된 143편 중 현역 극작가들의 예심을 통과하여 본심에 올라온 열다섯 작품은 모두 잘 읽히는 작품이었다. 보통의 희곡심사에선 심하면 절반가량은 잘 읽히지 않는 작품이었다. 관객을 자신의 이야기 속으로 집중시킬 줄 아는 극작가들이 많다는 점은 우선 매우 반가웠다. 지금 우리 사회의 시사적인 문제부터 개인적인 실존까지 다양한 문제의식을 가지고 극들은 흥미롭게 펼쳐졌다. 여기서 당부를 첨부한다면 비판할 거면 더 통렬하라고, 그리고 흥미로운 상황 제시에서 나아가 돌파와 초월을 만나고 싶다고 - 전하고 싶다. 대부분 재미는 있는데 그 다음은? - 하는 생각에 이르렀다. 시대를 읽고 내 안을 읽고 극적 상황을 제시했는데 그 다음은? - 극이 거기서 멈춰있다. 제시한 문제의 현재뿐만 아니라 그 원인과 그리고 향후까지도 고민한 모습을 만나고 싶다. 풍경 혹은 서술에서 멈추지 말고 통찰과 미래를 고민해달라는 주문을 첨부해본다.

본심 심사위원들은 15편의 최종후보작에서 당선후보작을 좁혀 논의했다. 〈저 나무 하나〉, 〈좋은 날〉, 〈들개〉가 우선 거론되었고, 〈토마토 밭에 날아든 골프공 하나〉, 〈영원한 그녀〉, 〈소나무 가득한 동산에〉가 마지막까지 아쉬움을 남겼다. 〈좋은 날〉은 폭행가해자로 지목된 학습지 선생님의 억울함과 결국 자살로 이어지는 너무도 리얼한 스토리가 오늘의 세태를 보여주는 장점이 있었지만 이야기가 단순 전달된다는 외에 다른 영역이 없다는 점이 아쉬웠다. 〈들개〉는 버려진 반려견과 자신 또한 버려지는 모습을 일치시키는, 문학적이면서 흥미로운 참신함을 보였지만, 역시 그림만 보여주고 만 느낌이었다. 그리고 단막극인데 너무 많은 장 나눔으로 집중력이 분산된다는 아쉬움을 남겼다.

〈저 나무 하나〉는 소나무재선충병이 들어 산의 다른 나무들까지 모두 베어야 하는 그 현장에서 모두 베어야 하는 사람, 그 풍경을 보겠다고 온 직원, 그리고 그 숲의 주인이 나타나 각자 다른 입장의 한나절이 조용히 전개된다. 재미를 의도하지 않고 자기 입장의 인물들이 안정적인 전진으로 천천히 몰입시킨다. 작은 사건 하나를 통해 사회와 인생을 들여다보게 하는 - 단막극의 전통을 놀랍게 잘 지키고 있는 안정감 있는 작품이었다. 이 작품을 심사위원들은 당선작으로 추천하며, 향후 극작가로서의 지속적인 활동도 기대한다. 본선에서 만난 모든 작가에게 미안한 박수와 응원을 보낸다. 자기만의 장점들을 분명 가진 작품들이었다.

본심 심사위원: 김수미, 선욱현

예심 심사위원: 김나영, 양수근, 오세혁, 정범철, 차근호, 최세아, 최원종

컬럼비아대 기숙사 베란다에서 뛰어내린 동양인 임산부와 현장에서 도주한 동양인 남성에 대한 뉴욕타임즈의 지나치게 짧은 보도기사

■

이홍도

1992년생
숭실대 예술창작학부 문예창작전공 언론홍보학과(졸업)
2017 서울국제공연예술제(SPAF) 제14회 젊은 비평가상(가작)
〈셰익스피어 죽이기, 트럼프 죽이기〉

등장인물

우낙원, 26세

T. D. 정, 34세

작가의 자기검열

'나', 29세

1

관객들이 입장하는 동안 간이의자에 앉아 대본을 고치는 '나'.
원고들은 구겨졌거나 빨간펜으로 죽죽 그어진 채 바닥을 뒹군
다.

나   지금부터 보실 연극의 대사들은 지난 일들에 대한 장
             면 회상, 떠오르는 생각들의 메모, 작품을 쓰면서 추가
             한 집필노트 등으로 이루어져 있습니다. 인물도 하나
             만들었는데요. 제 내면의 소리를 관객 여러분께 전달
             하는 역할입니다. 하지만 늘 그런 건 아니에요.

작가의 자기검열 (목소리만) 일기 써놓은 것도 아니고 그게 뭐야. 작품 아
             니고 일기 같잖아.

나   지금처럼 말이죠. 방금 전 인물은 배우 H입니다. 재현
             을 위해서 일시적으로요.

작가의 자기검열 (목소리만) 그냥 니 얘기 그대로 적어놓은 거 같아. 나는
             게이다, 호모다.

나   배우 H는 소속되어 있던 극단이 2018년 미투로 해체된
             후 지방공연으로 아동극, 음악극, 전통극 등을 하며 배
             우생활을 이어갔는데요.

작가의 자기검열 (목소리만) 어쩌라고. 게이니까, 호모니까, 차별하지 말
             라, 인정해달라, 존중해달라, 이 얘기야?

나   (팔을 들고 벌 서며) 대본을 읽고 H가 했던 말에 전 어떤
             반응도 할 수 없었습니다.

작가의 자기검열 술자리가 끝난 뒤에도 배우 H의 질문은 제 안에 계속
             남아 있었습니다. 이후에 저는 대본을 고쳐 쓰려고 했

는데, ('나'에게) 팔 내려간다? 그게 되질 않았습니다. 이 대본을 고치고 있는 게 정작 제 자신이 아니란 느낌이 들었기 때문입니다. 그럼 누가 제 대본을 고치고 있는 걸까요?

2

우낙원　　이곳은 맨해튼 웨스턴 32번가 코리안 스트리트 32번지, 바로 뉴욕 한인타운 한가운데에 위치한 도시락 전문점 '우리집'입니다. 한인민박에 살면서 낮엔 식당일을 하고 밤엔 대본을 쓰던 어느 날, 전시를 하고 싶다며 제게 메일을 보낸 기획자가 있었습니다. 오늘은 직접 찾아오기까지 했는데요. 감사해요, 이렇게까지.

T. D. 정　　아니에요, 작가님. 시간 내주셔서 감사합니다.

우낙원　　쇼케이스는 어떻게 보셨어요?

T. D. 정　　놀랐죠.

우낙원　　다행이네요. 다른 장르랑 협업하는 거 예전부터 쭉 생각을 해왔거든요.

T. D. 정　　그러세요?

우낙원　　이번에는 협업이라기보단 전시 일환으로 독립해서 하면 어떨까 싶어요. 공간도 나눠서.

T. D. 정　　전시하세요?

우낙원　　아뇨. 지금 기획하시고 계신 그 전시요. 혹시 이 작품도 참여할 수 있을까 해서….

T. D. 정　　아. (사이) 작가님, 제목만 보고 왔잖아요, 제가.

214

우낙원	인연인 거 같아요.
T. D. 정	그래서 그런데. 생각이랑 좀 다르더라고요. 실제 공연은.
우낙원	그래요?
T. D. 정	예, 좀.
우낙원	그러셨구나.
T. D. 정	좀 많이.
우낙원	어떠셨길래요?
T. D. 정	공연 잘 봤습니다, 작가님. 근데 기획을 하려면…. 제목만 차용하는 게 어떨까.
우낙원	제목만이란 게?
T. D. 정	집필하신 대본이랑은 내용적으로 무관하게 될 거고요. 조각, 영상, 설치작품 같은 것들로 전시가 구성되는데 인터뷰 하고 매체이론 연구도 합니다. 하지만 타이틀이 작가님 오늘 쇼케이스 하신 공연 제목인 거죠. 사전 연구기록집, 포스터, 언론기사를 비롯해서 전부 이 제목으로 노출되는 거고요. 그러니까 전시에 굉장히 핵심적인 역할이죠. 그래서 뵈러 온 거고. 물론 제목 한 줄에 어떤 저작권이 있는 건 아니지만.
우낙원	저작권이요?
T. D. 정	아무래도 한번 뵙는 게 더….
우낙원	(말 끊으며) 안 돼요.
T. D. 정	(사이) 어떤 것 때문에 그러세요?
우낙원	아직 정식으로 공연을 한 것도 아니고. (주저하다가) 감사하지만 잘 모르겠어요, 제목만 쓰는 건.

작가의 자기검열	다음은 무대디자이너 J입니다.
나	무대디자이너 J는 제게 이렇게 말했던 적이 있습니다.
작가의 자기검열	요즘은 뭐라는 사람 없지 않아? 커밍아웃하고 활동하는 게 예술계통에 워낙 많으니까.
나	이 말을 들은 극작가 S는 자신의 경험을 하나 들려주었습니다.
작가의 자기검열	제 작품은 관객과의 대화 때 그런 질문을 하는 분이 있더라고요. 주인공이 태국에 가서 성전환수술을 하려는데, 그 이유가 작품에 잘 안 드러나 있는 것 같다시면서.
나	MTF 트렌스젠더.
작가의 자기검열	그게 알고 싶으셨대요. 가정환경이 어떠면 나중에 자라서 그런 극단적인 선택을 하는지.
나	즉 남성에서 여성으로.
작가의 자기검열	그런데 작품 다 보고 나서도,
나	저는 관객의 반응에 극작가 S가.
작가의 자기검열	왜 성전환을 하려는지 아직 모르겠고, 공감이 안 간다고 하시더라고요.
나	어떤 기분을 느꼈을지 생각했습니다.
작가의 자기검열	그 말씀이, 저한텐 좀 그랬어요.

4

T. D. 정	잠깐, 그럼 전시 일환으로 공연도 같이 하고 싶으시단

	거죠? 전시 타이틀로 제목만 주시는 건 어렵고요?
우낙원	힘들까요?
T. D. 정	아 이걸 어떻게 말해야 되나? 작품 내용이 실화에서 나온 거죠?
우낙원	아시네요.
T. D. 정	그 영화감독 얘기잖아요. 제작자랑 다투고 투신자살한. 영화가 4시간이 넘어 갔던가.
우낙원	234분이에요.
T. D. 정	예. 아무튼. 뭐라고 해야 될까. 제가 전시만 했지 공연해본 것도 없어서. 이게 또 작품이 저랑 잘 맞느냐도 굉장히 중요하더라고요. 그런 기획자가 붙으면 작품에 좋죠. 더 많이 주제에 공감하고 또….
우낙원	(말 끊으며) 절망적이었겠죠.
T. D. 정	심정은 이해 가는데.
우낙원	자기 영화가 난도질당한다는 게.
T. D. 정	감정이입이 그렇게는 또.
우낙원	전 중요한 얘기라고 생각했어요. 보편적인 얘기기도 하고. 계속 있는 일이잖아요. 이야기에 가치판단을 하고, 지워버리려 하고.
T. D. 정	(사이) 잘 생각해야 하는 거 같아요. 아시죠? 어떤 게 작품에 더 나은 방향일지. 저도 아들이 있지만, 자기 자식 키우기가 더 힘든 것처럼. 그래서 제작자나 기획자가 필요한 거 아니겠어요. 객관적으로 봐야 하니까.
우낙원	그 가치판단을 남이 하는 게 옳은지 모르겠어요.
T. D. 정	균형인 거죠. 작품을 위해서.

5

나	신춘문예를 준비하면서 그때 그 대본을 다시 읽어봤습니다.
작가의 자기검열	줄거리는 다음과 같은데요.
나	도입 부분이라 아직 문제 될 만한 내용이 안 나오긴 해요.
작가의 자기검열	(확성기를 통해) 미국 교환학생 가서 학과 수석을 한 주인공. 전공은 연극영화과. 뉴욕을 간다고 생각했지만 결국은 최종선발에서 떨어지는데. 주립대학 학생 중 선발해서 방학 때 맨해튼 보내는 이름하여 브로드웨이 워크숍. 이유는 아무도 알려주지 않습니다. 그렇게 주인공은 한국으로 돌아가려고 하는데요.
나	멤피스국제공항에 도착하자마자 때마침 터지는 캐리어. 옷걸이에 옷을 말아 쓰레기통에 버리니까 그게 꼭 내 몸통을 말아놓은 것 같았다. 밀려나 버려지는, 분리수거 되어 실려 가는. 한국으로, 그렇게 한국으로.
작가의 자기검열	(확성기를 통해) 바로 그때 울리는 전화벨. 주인공은 전화를 받습니다.
나	저는 전화를 받습니다.
작가의 자기검열	(확성기를 통해) 전화를 건 것은 리처드 포드, 1944년생. 미시시피대학교 영문과 문예창작 부전공 객원교수.
나	1996년 퓰리처상 그리고 펜 포크너상 수상 소설가.
작가의 자기검열	(확성기를 통해) 낙심하고 있던 찰나, 학기 중에 제출했던 소설에 추천사를 써주겠다는 뜻밖의 연락을 받은 '나'.

나	'나'?
작가의 자기검열	(확성기를 통해) 주인공 '나'는 자신의 자전적 퀴어소설을 단행본으로 출간하기 위해 리처드 포드 교수의 추천서 한 장만 들고 무작정 떠나게 됩니다. 그리고 펼쳐지는 주인공의 뉴욕 맨해튼 정착기. 그러던 어느 날.
나	회신 온 메일에 적힌 주소를 따라 출판사를 향해 걷고 있었는데요. 방향을 잃고 골목에 접어든 그 순간.
작가의 자기검열	이봐, 동양에서 온 브라더. 재즈를 알아?
나	저는 대답했습니다. 잘 모르는데요.
작가의 자기검열	맞아. 바로 그거. 동양인 눈 찢어진 게 똑똑해서 그런가 봐. 나도 재즈가 뭔지 몰라. 재즈가 뭔지 아는 인간들은 이미 다 지구상에서 사라졌어. 이제 아무도 없어.
나	아, 네.
작가의 자기검열	난 아티스트야. 아티스트 만나본 적 있어, 브라더? 마일스 데이비스가 CD를 하나 줄게.
나	필요 없는데.
작가의 자기검열	내 이름이 마일스 데이비스야, 브라더. 네 이름은?
나	죄송합니다.
작가의 자기검열	이름이 없나? 이름도 없어? 이름이 죄송이냐? 그래, 죄송아. 개 같은 놈의 죄송. 마일스 데이비스가 CD에 싸인을 했다. 누굴 위해? 자, CD받아. 너, 동양에서 온 죄송.
나	말합니다. CD 필요 없어요.
작가의 자기검열	뭐라고? 싹싹 빌길래 싸인까지 했는데.
나	그런 적 없는데.
작가의 자기검열	요, 맨. 이제 와서 필요 없다고?

컬럼비아대 기숙사 베란다에서 뛰어내린 동양인 임산부와 현장에서
도주한 동양인 남성에 대한 뉴욕타임즈의 지나치게 짧은 보도기사 ■ 이홍도   219

나	이렇게 말합니다. 아, 마일스 데이비스 아니잖아. 당신.
작가의 자기검열	미쳤나, 브라더. 마일스 데이비스가 아니다?
나	마일스 데이비스는 죽었잖아요.
작가의 자기검열	그래, 네 놈이 죽을 것처럼 죽었지. (총을 겨누고) 키드, CD 값 해야지? 매고 있는 거 이리 내. 이거 외에 더 없어?
나	예. 가진 전부예요. 거기 든 게.
작가의 자기검열	주머니 다 까뒤집어봐. 이 사기꾼 젭스새끼. 뒤로 돌아. 마지막으로 묻는다. 내 이름이 뭐라고?
나	(관객에게) 여러분, 누구라고요? (다 함께) 마일스 데이비스.
작가의 자기검열	지랄하네.
나	(확성기 들고) 마일스 데이비스가 주인공 머리를 권총으로 후려치면 '나' 쓰러진다. 이때 장면전환에 맞춰 샘플링된 음악, 마일스 데이비스(Miles Davis)의 〈마일스톤스(Milestones)〉.

작가의 자기검열이 객석에 난입하여 소란을 피우는 동안
'나'는 소품으로 각종 효과음을 내 탈주극을 연출한다.

6

T. D. 정	자, 여기서 줄거리를 짚고 가죠. 연극은 다음과 같이 실제 기사 내용을 인용하며 시작되는데요.
우낙원	지난 28일 컬럼비아대 오프 캠퍼스 하우징 베란다에서

30대 아시안계 임산부가 추락해 사망하는 사건이 발생했다. 여성은 세인트루크로 옮겨졌지만 오전 5시 24분 사망했다. 사건 당시 현장에 있었던 남성은 사망한 여성의 남자친구로 밝혀졌다. 남성 측 변호사에 의하면 사망한 여성은 남성과 대화를 하던 중 갑작스럽게 창문 밖으로 몸을 던졌다고 한다. 남성은 여성을 붙잡아 투신을 막으려 했지만 실패했고 이 때문에 큰 충격을 받은 상태다. 경찰은 남성의 진술을 토대로 사건의 진상을 조사하고 있으며 사망한 여성에게 정신질환 등의 병력은 없었던 것으로 밝혀졌다. 기사 제목, NY 컬럼비아대 기숙사서 30대 아시안 여성 추락사. 기사 입력, 2015년 9월 29일 16시 42분 뉴욕타임즈. 조명 큐!

T. D. 정	왜 이래, 진짜.
우낙원	다 알아야겠어.
T. D. 정	아, 뭘!
우낙원	권총을 들어올리며, 음악 큐. 묻는 말에 답해.
T. D. 정	그거 안 들었지? 총알.
우낙원	무대감독님, 음악 이거 말고요. (사이) 우리 애한테 부끄럽지도 않아?
T. D. 정	들었구나.
우낙원	이때, 한발의 총성. 탕, 하면 조명 돌아온다.
T. D. 정	이런 내용이더라고요.
우낙원	이게 왜요.
T. D. 정	생각했던 거랑은 좀 달라서.
우낙원	어떤 걸 기대하셨는데요.
T. D. 정	아무래도 제목만 보면 그런 것들이죠. 미디어가 양산

하는 재생산물의 폭력성이랄까, 아니면 수많은 정보 속 흩어지는 사건들에 대한 예술의 역할 같은 거에 대해⋯.

우낙원 (말 끊으며) 뭐가 문제세요.

T. D. 정 아뇨. 예. 모르겠어요. 이유가 다른데 있는 거 같기도 해서요. 임신 당시 우울감 때문이라든지.

우낙원 이건 사회적 타살이에요. 개인의 문제로 갈 게 아니라.

T. D. 정 예. 아니면 이런 의도는 아니었을까요? 좀 섬뜩한 거지만 본인 외에 아무도 편집을 못 하게 극단적인 선택을⋯.

우낙원 그게 무슨!

T. D. 정 예? 아니⋯.

우낙원 하기는 흔하죠, 이런 얘기.

7

나 강도를 당한 저는 먼저 역무소에 연락했습니다.

작가의 자기검열 네, 역무실입니다.

나 3번 출구에서 강도를 당했다고 하자 역무원은,

작가의 자기검열 CCTV 없는데요!

나 라고 해서 저는 3번 출구에 CCTV 달렸다고 했고 그러자 역무원은,

작가의 자기검열 껍데기!

나 라며 경찰에 신고하랬습니다. 그래서 전활 하자 경찰은,

작가의 자기검열	역무소!
나	라기에 저는 다시,
작가의 자기검열	지하철 내 역무소에 전화했는데요. 역무원은 CCTV가 없으며, 있다고 해도,
나	경찰의 동행 없이 열람할 수는,
작가의 자기검열	없어요!
나	랬습니다. 경찰들은,
작가의 자기검열	역무소 일!
나	이랬고 역무소에선,
작가의 자기검열	경찰 일!
나	사건은 벌어졌고 그것은 나의 일이었을 뿐,
작가의 자기검열	누구의 일도 아니었습니다.
나	상황이 수습되질 않고 있자 급한 대로 일단 출판사를 향했습니다.
작가의 자기검열	저런, 어쩌다가.
나	출판사 직원은 겁 먹은 표정이었는데요.
작가의 자기검열	신고는 했어요?
나	그보다 소설이,
작가의 자기검열	자전적 퀴어소설,
나	급하게 느껴졌습니다. 제 작품 읽은 건 어느 분이세요?
작가의 자기검열	빨리 병원을 가보세요.
나	의료보험이 없어서 못 갔단 말을 할 순 없었습니다.
작가의 자기검열	찢어진 거 아니에요? 머리.
나	말합니다. 짐을 다 잃어버렸거든요. 추천사도 같이.
작가의 자기검열	스캔이나 사본은?
나	없어요. 근데 읽어보신 분이 있냐고요.

작가의 자기검열 투고되는 걸 다 읽어볼 순 없어요.

나 안 읽고 절 부른 거세요?

작가의 자기검열 일단 미팅을 잡은 거죠. 리처드 포드 선생님께서 추천 사를 써주셨다니까.

나 말합니다. 원래 그렇게 돼요?

작가의 자기검열 정식투고가 아닌 직접추천으로 진행했던 거죠.

나 며칠이 지나서야 NYPD로부터 연락받을 수 있었습니 다.

작가의 자기검열 최악이구만, 최악. 단서가 없어. 뒤져볼 게 없는데.

나 마침내 제 사건에 전담수사관이 배정됩니다.

작가의 자기검열 보자. 노트북, 지갑, 여벌 옷 한 벌, 책 한 권, USB 2개, 여행용 세면도구…. 아주 이삿짐을 들고 다니셨구만. 이건 뭐야. 리처드 포드 자필서명 담긴 추천사 원고. 리처드 포드가 누구야? 그, 뭐야, 나우 앤 포레버?

나 그건 리처드 막스인데요. 예, 추억의 가수. 관객분들은 좀 세대차이가 나실 텐데. 아무튼 퓰리처상 수상 작가 와 가수 리처드 막스를 헷갈려 하는 수사관 앞에서 저 는 애처럼 혼나게 됩니다.

작가의 자기검열 이런 건 됐고. 이건 빼야 돼.

나 뭐라고? 그게 제일 중요한 건데!

작가의 자기검열 어, 이것 봐라. 소릴 질러?

나 말합니다. 그걸 왜 빼요.

작가의 자기검열 조서에 물품가액이 들어가야지, 이거는 공란이잖아.

나 그게 어떻게 가격이 있어요.

작가의 자기검열 윗선에 보고할 때 어차피 못 올려. 가액 없으면.

나 어떻게 그걸 누락해요. 백인들 사건도 이따위로 수사

224

해요?

작가의 자기검열　너 뭐라 했어?

나　자꾸 이러면 이 장면 신춘문예 응모작에 넣을 거에요.

작가의 자기검열　뭐? 신춘문예가 뭐야?

나　(소개 텍스트 건네며) 신춘문예 몰라요?

작가의 자기검열　(보고 읽는) 새로운 감수성과 문제의식으로 빛나는.

나　(확성기로) 신춘문예.

작가의 자기검열　(보고 읽는) 작가를 기다립니다. 당일 도착 우편물까지 유효. 당선작 발표 2020년.

나　(확성기로) 신춘문예.

작가의 자기검열　(보고 읽는) 1월 1일자 신문 지면. 응모작은 순수 창작물이어야 합니다. 표절로 확인될 경우.

나　(확성기로) 신춘문예.

작가의 자기검열　(보고 읽는) 당선을 취소합니다. (집어 던지는) 취소는 무슨, 뽑히겠어, 이게?

8

T. D. 정　어디까지 얘기했죠?

우낙원　제목 얘기 말고 한 게 없는데요.

T. D. 정　아 맞다. 아무튼 어떻단 건 아니고 일단 제목 자체가 워낙 힘이 있으니까. 어떤 메타포로서 말이에요. 뭔가 상징사건 같은 거죠.

우낙원　작품 제목은 원래 라이선스가 없어요?

T. D. 정　작가 허락받을 수 있으면 좋죠.

우낙원	그래도 작품 일분데.
T. D. 정	일반적으론…. 자, 그러지 말고. 작가님, 머리 좀 식히세요. 혹시 담배 태우세요?
우낙원	피고 오세요.
T. D. 정	천천히 한번 같이 고민해보시죠. 글 안 써질 땐 뭐하세요?
우낙원	글을 안 쓰죠.
T. D. 정	정답이네. 여기서 일하신 지는?
우낙원	두 달 정도.
T. D. 정	할 만하세요? 보통은 관련 있는 걸 하시잖아요. 미술 쪽에선 웹이나 포스터 디자인 같은.
우낙원	글 쓰는데요, 뭐.
T. D. 정	힘들게 쓰시겠네요.
우낙원	쓰는 건 안 힘들어요. 못 쓰는 게 힘들지.
T. D. 정	작가님, 한국에는 언제 가세요?
우낙원	제가 왜 한국을 가죠?
T. D. 정	맨해튼 한인타운에 위치한 도시락 전문점 '우리집'입니다.
우낙원	(객석을 향해) 잡담이 오가는 동안 생각합니다. 이럴 땐 어떻게 해야 할까요? 이런 기회가 언제 또 올까 싶으면서도…. 고민이 됩니다. 단지 작가라는 이유로 이 선택을 할 권리가 제게 온전히 있는 걸까요? 이게 제 작품이라고 할지라도. 그러다 슬쩍 휴대폰을 봅니다. 부재중 통화가 와 있네요. 여자친구군요. 참, 진작에 물어볼 걸 그랬어요. 여자친구가 대학원에서 전시 쪽 공부하는 중이거든요. 저, 기획자님.

T. D. 정 우낙원	예. 다녀오세요.
	바로 전화를 겁니다. 토피나? 응, 나야. 잠깐 통화돼? 내 공연 제목으로 전시를 하려는 사람이 있는데…. 무슨 일이야? 다시 얘기해줄래? (사이) 응, 생리를 안 해? 다른 키트로 해봤어? 같이 가보자. 언제? (짧지 않은 침묵) 세상에. (사이) 아냐. 아냐. 늘 생각했지, 나도. 넌 어떻게 했으면 좋겠어? 그냥, 모든 거 다. (사이) 휴학하면 장학금도 끊길 테고. 석박사 통합이잖아. 외국인 학생 등록금을 다 내려면…. 아냐. 오해야. 토피나, 그런 말이 아니고. 일단 만나자. 어디야? 기숙사? 알겠어. 좀 걸릴 거 같아. (사이) 왜 소릴 지르고…. 여보세요? 여보세요?

9

'나'는 바닥에서 원고 한 장을 집어 든다. 간이의자에 앉아 읽는다.

나	뉴욕은 어디 있는 걸까요. 맨해튼 42번가는. 왠지 어떻게 해도 거기 가 닿을 수 없는 것만 같이 느껴집니다. 아직 시간이 되지 않은 것일까요. 모든 것은 지나치게 꿈 같은 꿈에 불과하고, 또 모든 것은 지독하게도 현실적인 현실에 지나지 않습니다. 사실은 이미 미국에 와 있죠. 뉴욕에 와 있고 맨해튼 42번가에 도착해 있습니다. 하지만 여전히 뉴욕 맨해튼을 찾고 있다면 그건 제

가 한국인이기 때문은 아닐까요. 한국인으로서 생각하는 가짜 미국이 있고, 그 안에 부풀려진 가짜 뉴욕, 또 그 안에 더없이 팽창한 가짜 맨해튼 42번가. 중심이란 것으로 아무리 들어가려 해도 자꾸만 밀려납니다. 왜냐면 그건 허상이니까요. 스스로 중심을 만들고 스스로 아웃사이더가 됩니다. 그럴수록 더욱 더 중심에 속하고 싶어집니다. 버티자. 견디자. 살아남자. 이해조차 하지 못하는 아메리칸 조크에 와자지껄 웃어대며. 영원히 빛나는 훈장이 달릴 그 날까지. 유나이티드 스테이츠의 빛나는 50가지 가짜 별들이 등 뒤에 박히는 그 날, 영원히 지워지지 않을 빛이 뒤통수에서 반짝 반짝. 사이렌. 사이렌. 입술 사이로 빛나는 어둠을 질질 흘리며 히죽거리는 네온사인 도시. 그토록 아름다운 쓰레기섬. 매순간 머릿속에서 어김없이 시작되는 (사이) 미칠듯한 재즈.

10

T. D. 정	코리안 스트리트의 도시락 전문점 '우리집'입니다.
우낙원	기획자님, 죄송한데 급한 일이 생겨서.
T. D. 정	무슨 일이신데요.
우낙원	개인적인 거라… 어떡하죠?
T. D. 정	어쩔 수 없죠.
우낙원	와주셨는데. (진동이 울리기 시작)
T. D. 정	에이, 괜찮아요. 받으세요.

우낙원	(휴대폰을 확인하고) 아뇨. 이따가.
T. D. 정	하셔도 되는데.
우낙원	(계속 울리자) 잠시만요. (전화를 받으며) 여보세요. 응, 이 따가 가면서 연락 줄···. 우는 거야, 토피나? 괜찮아? 아···. 미안해. (사이) 빨리 갈게. 내가 옆에 있어야 하는 데···. 이제 갈게. 그래. 갈게. 응. (통화를 끊고) 저 죄송 한데. 잠시만요.
T. D. 정	예, 예, 괜찮아요. 천천히.
우낙원	기획자님.
T. D. 정	네, 작가님.
우낙원	죄송한데 안 되겠어요. 이 제목은 연극으로 먼저 발표 하려고요. 본공연 올라갈 때까지 가져가야 될 거 같아 요. 죄송해요.
T. D. 정	아뇨, 아니에요. 작품에 더 낫게 선택하시는 게 맞죠. 결심이 딱 서신 거 같으니까 알겠습니다. 그리고 아까 는 어떤 일 때문에?
우낙원	임신 소식이 있어서요, 여자친구가.
T. D. 정	아이고, 축하드려요. 큰 소식이네. 어서 가보세요. (손 을 건네며) 꼭 올리세요, 좋은 작품. 공연되면 연락 주시 고요, 이것도 다 인연인데.
우낙원	(악수하며) 감사해요. 같이 나가시죠.
T. D. 정	(나서며) 제 차 타시죠. 그러면 되겠네.
우낙원	(따라 나서며) 감사해요. (사이) 저, 기획자님. 아내분께 어떤 선물해주셨어요, 아드님 임신하셨을 때?

나	이 다음부터 이어지는 문제의 장면들은 이렇습니다. (보고 읽으며) '나'는 경찰에 신고하고 출판사도 방문하지만 누구도 협조적이지 않다. 자신이 인종차별을 당하고 있다고 느낀 '나'는 아르바이트를 해온 베트남 식당에 가 난동을 피운다. 급여가 밀린 건 자신이 J1비자를 가져서지 않느냐며 악을 쓴다. 이 날 밤 '나'는 낮에 갔던 식당을 충동적으로 다시 향한다. 그리고 창문을 깨고 들어가 돈을 훔쳐 달아난다. 궁지에 몰린 '나'는 양성애자인 전 남자친구에게 도움을 요청한다. 그러나 새 애인의 아파트에 얹혀사는 처지였던 그는 '나'의 부탁을 외면한다. 그 와중에 '나'는 아시안 패티쉬 클럽 '오리엔탈'에 대해 알게 된다. 그리고 그곳에 딸린 불법 숙박시설에 숨어살게 된다.
작가의 자기검열	언제 얘기지?
나	미국에 있을 때, 2015년이니까 5년 전인가.
작가의 자기검열	대본으로 쓴 건?
나	지금까지 계속 고치거나 더 쓰려고 했는데, 그게 안 되는 거야. 이게 전부 내 경험들인데도 그대로 얘길 못하겠더라고.
작가의 자기검열	이대로 어디 투고하진 않았던 거야? 공연 일단 올려놓고 본다든지.
나	안 냈지. 이대로 무대에 올리는 게 일단 나부터 안 되겠는 거야. 그동안 국내외로 사건들 많았잖아. 그 뉴스들이랑 키워드가 너무 겹치니까. 관객들은 연극 보면

서 어떻게 생각할까 싶고.

작가의 자기검열 그래서 못 고쳤다고. 그 걱정 때문에. 그럼 실제로 미
국에 있을 때 넌 마약에 대해 어떻게 생각했어?

나 미국에 있을 때?

작가의 자기검열 응, 미국에 있을 때.

12

'나'와 작가의 자기검열은 객석 쪽으로 나온다.
극 중 장면들은 인물 없이 무대기술만으로 연출된다.
음향과 조명이 점차 거세지며 절정으로 치닫는다.

나 이 대본을 고치고 있는 건 정작 내가 아닐지도 모른다.

작가의 자기검열 나는 자꾸만 대본을 잃어버리고 자꾸만 노상강도를 당
한다.

나 신사역 5번 출구 방향 골목, 흑인 남자가 내 대본을 뺏
어 갔다.

작가의 자기검열 뉴욕에서 만난 강도를 서울에서 다시 만날 줄이야.

나 그는 한 손엔 트럼펫을 다른 손엔 권총을 쥐고 있었다.

작가의 자기검열 그 날, 서울에선 늦여름 장마가 시작됐고 노상강도를
당한 나는 112에 신고했다.

나 하지만 아무도 내 말을 듣지 않았다. 강남지역 순찰대
도 신사역 역무소 직원들도.

작가의 자기검열 모두 내가 정신이 나갔거나 거짓말을 한다고 여기는
것 같았다.

나	노상강도요? 신사역에 그렇게 사람 많은데? 흑인이요? 권총이요? 트럼펫도?
작가의 자기검열	대본을 잃어버린 건 아무한테도 안 중요했다.
나	5번 출구 CCTV에 찍힌 사람이 나밖에 없단 말을 들은 나는 화가 나서 그곳을 뛰쳐나왔다. 그리고 밤새 대본을 찾아 다녔다.
작가의 자기검열	그 날, 맨해튼 외곽순환도로의 홈리스들은 내 소설 원고를 불쏘시개로 썼다.
나	그때 피웠던 모닥불은 결국 브라이언트 파크 인근 노숙인 캠프에서 대형화재로 번졌고 도합 4명의 사상자를 냈다.
작가의 자기검열	그러나 그 날의 사건은 지극히 사소한 일로 여겨졌기에 해외토픽으로조차 다뤄지지 않았고, 나 또한 그 일에 대해 알 수 없었다.
나	강남대로를 따라 신논현 방향으로 걷던 도중 눈에 익은 건물을 발견했다.
작가의 자기검열	굵어지는 장맛비를 피하기 위해 건물 안으로 들어섰던 나는 내 소설을 출간하지 않으려 했던 그 편집자와 마주쳤다.
나	편집자는 병원에 갔는지 묻더니 어딘가에 전화를 걸기 시작했고 나는 가까스로 그곳에서 뛰쳐나왔다.
작가의 자기검열	(목소리만) 예술인의 든든한 동반자.
나	라는 표어가 붙은 복도를 가로질러.
작가의 자기검열	(목소리만) 문화예술 가치의 사회적 확산 기여.
나	라는 표어가 붙은 엘리베이터를 지나.
작가의 자기검열	(목소리만) 함께 창조하는 예술 현장 파트너.

나	라는 표어가 붙은 화장실 앞으로.
작가의 자기검열	(목소리만) 예술가와 나란히, 시대와 나란히.
나	라는 표어가 붙은 계단을 내려가.
작가의 자기검열	(목소리만) 현장 예술인의 목소리에.
나	그렇게 그곳을 빠져 나와,
작가의 자기검열	장맛비를 맞으며 걸었다. 그렇게 걷다 보니 뉴욕 한인타운이 나왔다.
나	웨스턴 32번가 코리안 스트리트,
작가의 자기검열	아니, 어쩌면 거긴 NYC가 아니라 서울특별시였을지도 모른다.
나	맨해튼 중심부가 아니라 강남 한복판이었을지도.
작가의 자기검열	그곳은 한국에도 없고 미국에도 없는 회색공간,
나	한국과 미국 사이 그 중간지대.
작가의 자기검열	웨스턴 32번가 코리안 스트리트,
나	태평양 한가운데 허공에 둥둥,
작가의 자기검열	분계선 바로 그 위에 위치한,
나	어디에도 없고 어디에나 있는 곳.
작가의 자기검열	웨스턴 32번가 코리안 스트리트,
나	아직 태어나지도 아직 죽지도 못한 이방인들의 환승구역.
작가의 자기검열	왠지 몸이 떨리고 다리가 후들거렸다. 온몸이 빗물에 젖고 손발이 붓고 있었다.
나	이윽고 나는 완전히 길을 잃어버렸다.
작가의 자기검열	숨이 막혔다. 비에 젖어 있는데도 식은땀이 났다.
나	그 가운데 나는 자꾸만 모든 것이 의심스러웠다.
작가의 자기검열	그 날, 내 대본을 훔쳐 갔던 건 흑인 트럼펫터가 아니

	었을지도 모른다. 그럼 누구란 말인가.
나	그 시각, 5번 출구 CCTV에 찍힌 사람은 왜 나밖에 없었던 걸까.
작가의 자기검열	비 내리는 수도 서울, 비 내리는 뉴욕 맨해튼.
나	쓰지 못하는 죄책감과 써버린 후의 참담함 사이를 오가며.
작가의 자기검열	오늘은 과연 어떤 엄살과 과장, 미화와 비겁으로 내 자신을 꾸며낼 것인가.
나	자신이 버린 껌종일 찾아 수십 년 동안 쓰레기통을 뒤지는 사람도 있겠지.
작가의 자기검열	서울 아니면 뉴욕에서도.
나	그 날, 그 날, 그 날.
작가의 자기검열	(무한히 반복) 영원히 끝나지 않는.
나	(무한히 반복) 그 날의 대본 찾기.

위의 두 대사를 반복하며 '나'와 자기검열은 퇴장한다.

13

우낙원	비행기를 기다립니다. 토피나는 잠깐 잠이 들었고요. 고단했나 보네요. 저는 고개 들어 활주로를 봅니다. 지금 들어오는 저 비행기일까요? 아니, 다른 게이트로 방향을 틀었군요. (사이) 어떤 사람들은 여행을 떠나는 길처럼 보입니다. 또 어떤 사람들은 끝내고 돌아가는 길이겠군요. 그럼 우리는? 왠지 둘 다 같기도 합니다. 돌

아가는 거지만 동시에 새로이 떠나는 길이랄까요. 그렇게 떠나려고 했던 한국으로 다시 갑니다. 아무것도 바뀌지 않은 건지도 모르고, 어쩌면 모든 게 다 변한 건지도 모릅니다. 한국에 가서 공연을 올리려면 얼마나 걸릴까요? 5년? 아니면 그 이상? 10년이 걸릴 수도 있겠죠. 하지만 더 이상 쫓기지 않으려고요. (사이) 저기 비행기가 들어옵니다. 저 비행기에요. JKF국제공항발, 인천국제공항착. 이제 저걸 타면 떠나는 거네요. 함께 떠납니다. 저와 토피나 그리고 우리 아이까지. 세 사람 모두 함께.

서서히 어두워지는 조명. 막.
커져가는 연주와 줄어드는 조명. 커튼콜.

14

하나, 둘, 셋 하는 소리와 함께 전주가 시작되면
모든 혹은 일부 배우들이 마이크를 끌고 나온다.

밥 딜런Bob Dylan의 〈라이크 어 롤링 스톤Like a Rolling Stone〉
혹은 백Beck의 〈루저Loser〉를 연상시키지만 둘 다 아닌 엉터리
즉흥곡.

따로 또 같이   조니는 캘리포니아 혹은 인천 사람. (샌프란시스코!)
주말 새벽 취한 채 종로 이태원을 서성이는, (조니!)

컬럼비아대 기숙사 베란다에서 뛰어내린 동양인 임산부와 현장에서
도주한 동양인 남성에 대한 뉴욕타임즈의 지나치게 짧은 보도기사 ■ 이홍도 235

그렇지만 사실 조니는 동원훈련 3년 차 지정 병력.
네게 상륙하고 싶어. (조니 캘리포니아 광역시!)

인천 떠나 캘리포니아로 가고픈 조니. (샌프란시스코!)
그러나 미국비자 없어, 갈 수가 없다네. (조니!)
원해? 우리 귀염둥이 조니, 그 출생의 비밀.
오늘 밤에도 다시. (조니 캘리포니아 광역시!)

관객들에게 인사하고 손 흔드는 동안
커져가는 연주와 줄어드는 조명. 커튼콜.

그림자가 될 줄 알아야 해. 그래야 공연이 올라가지.

1

　연극 '파운틴헤드' 때의 일입니다. 담당하는 기획자분께서 공연자막을 번역하고 계셨습니다. 그래서 여쭤봤습니다. 원래 자막번역도 하셨냐고. 프로그램에선 이름을 못 봤는데. 그랬더니 하신 말이 이거였습니다. 홍도, 그림자가 될 줄 알아야 해. 그래야 공연이 올라가지.

　당선소감을 쓰는 지금, 떠오르는 얼굴들이 있습니다. 무대, 조명, 음향, 영상, 의상, 소품, 분장, 배우, 연출, 안무, 극장운영, 기획, 홍보, 마케팅, 비평, 매체, 제작. 그 많은 이들 가운데 저 혼자만 이렇게 말할 기회를 가져도 되는 걸까요? 공연이란 것이 얼마나 올라가기 어려운지. 그 과정에 얼마나 많은 책임과 헌신이 따르는지. 그런 생각을 하고 있자면 어떤 글도 함부로 써선 안 될 것 같습니다.

　지난 1년은 대본작업을 하며 소속 없이 지냈습니다. 일을 하며 느꼈던 감사함과 죄송스러움을 혼자 있는 내내 곱씹곤 했습니다. 맞아. 그땐 그랬지. 공연이 뭐라고. 공연이 뭐길래. 오랜만에 다시 현장으로 나간다는 느낌이 듭니다. 한번 더 잘 부탁 드립니다. 다들 극장에서 또 만나요.

2

　2016년 4월, 한 줄의 제목이 떠올랐습니다. 거기서 출발한 작업은 지난 3년 8개월 동안 계속해서 내용이 달라졌습니다. 이번 신춘문예에 응모했던 작품도 마감 직전에 형식을 완전히 바꿨습니다. 맞는 선택인지 알 수 없었습니다. 또 버려질 대본을 쓰고 있는 건 아닌지, 내내 두렵고 긴장이 됐습니다. 하지만 그 와중에도 제목만은 단어 하나 바뀌지 않았습니다. 처음 순간 떠올랐던 한 줄 그대로였습니다. 이제 그 제목이 무엇인지 이 당선소감을 읽는 분들은 아실 겁니다.

쓰면서도 스스로 많은 한계를 느꼈습니다. 작품이 거칠고 제멋대로다 보니 심사위원분들도 고심하셨을 것 같습니다. 많은 분들의 노고가 헛되지 않도록 정신 똑바로 차리겠습니다. 어서 빨리 이후 작업으로 새 출발하겠습니다.

3

저는 연극학교도 나오지 못했고 대학극회 출신 또한 아닙니다. 극단에 소속된 적도 없습니다. 그럼에도 지금까지 올 수 있었던 것은 대가 없이 환대해주신 분들 덕입니다. 숭실대에서 전공을 가르쳐주신 교수님들, 2016년 교류학생으로 가 신세졌던 분들, 2018년 이끌어주신 고연옥 선생님, 2019년 지도해주신 홍원기 선생님, 모두 감사드립니다. 이분들의 가르침이 제게는 곧 연극학교였습니다. 부모님, 안도, 충도, 영이, 선후배, 동료들을 비롯한 제 곁의 이들에게도 새해 인사를 전합니다.

'극작가 1명이 잘되면 배우 60명이 연극하며 살 수 있다.' 등단소식을 전하고 선배에게 들었던 말입니다. 얼마나 많은 인연이 모여 한 편의 연극이 되는지 늘 되새기며 쓰겠습니다. 한 줄 한 줄의 대사가 얼마나 많은 이들의 노력으로 무대화되는지 명심하고 쓰겠습니다. 동작구 상도동, 미시시피주 옥스포드, 뉴욕주 플러싱, 중구 장충동, 강남구 역삼동, 서초구 잠원동, 성북구 동소문동, 종로구 동숭동. 그곳에서 들었던 한 마디 말의 온기가 제게는 내내 갚지 못할 빚이 되었습니다. 잊지 않겠습니다.

과감한 메타연극의 설계… 형식의 영리한 변주 돋보여

올해 신춘문예 희곡심사는 희곡을 '공연을 전제로 한 설계도'로 보는 관점에서 출발했습니다. 따라서 장면에 대한 구체적인 구상과 가능성의 유무를 중요한 요소로 보았습니다. 또한 주제와 소재 면에서 얼마나 작가의 독창적인 시선을 담고 있는지, 그리고 그것을 얼마나 독창적인 언어로 구현해냈는지에 집중하여 살펴보았습니다. 마지막으로 이러한 요소들을 담아내는 새로운 희곡과 연극 형식에 대한 구체적이고 완성도 높은 제안에 기대를 가지고 심사에 임했습니다.

2020년도 응모작들은 청년들의 구직난과 경제생활, 인공지능이 등장하는 SF 등 몇몇 소재가 반복적으로 등장하는 경향이 있긴 하였으나 예년에 비해 주제와 소재가 비교적 고르게 다루어져 점차 창작의 시선이 다양해지고 있음을 볼 수 있었습니다. 또한 형식의 다양성과 영리한 변주를 보이는 몇몇 작품들이 특히 눈에 띄었습니다. 단순히 장면의 재현을 기술하는 형식에서 벗어나, 형식적 장르적 전형성을 자유롭고 예리하게 넘나들고 교직하여 작가의 시선과 의도를 명료하게 구현하는 사례가 보였습니다.

이러한 과정 끝에 심사위원들은 이홍도 작가의 '컬럼비아대 기숙사 베란다에서 뛰어내린 동양인 임산부와 현장에서 도주한 동양인 남성에 대한 뉴욕타임즈의 지나치게 짧은 보도기사'를 반갑게 발견했고, 기꺼이 올해의 신춘문예 희곡 작품으로 선정했습니다.

이 작품은 작가가 창조해낸 가공의 세계와 작가 자신의 삶의 경계를 모호하게 만들며 동시대 창작자로서의 자기참조뿐 아니라 희곡과 연극, 예술과 문화권력, 심지어 신춘문예에 대한 참조까지 작품 안에 녹여내는 과감한 메타연극의 설계를 보여주었습니다. 이를 통해 창작자로서의 막막함과 혼란을 솔직하게 드러내면서도 여러 층위의 세계를 가로지르는 구조와 구성의 경쾌함으로 연극의 유희적 균형을 맞추는 영리함도 보여주었습니다. 동시대 연극의 형식적 진화를 희곡의 영역으로 구현해냈다는 데 큰 미덕이 있었으며, 문학적인 면으로도 희곡의 다양한 형식적 진화에 좋은 징조로 볼 수 있다고 생각했습니다.

아쉽게도 최종 선정되지는 않았으나 길게 논의되었던 작품으로는 '누군가의'가 있었습니다. 정교한 대화와 행동, 장면 전개를 통해 인물들의 섬세하고 치명적인 심리변화에 몰입하게 되는 높은 완성도의 연극을 설계했습니다. 무엇보다도 대상화와 소재주의의 위험을 정면으로 돌파하고 청소년을 응시한 작가의 깊은 시선이 돋보였습니다.

심사위원: 연극연출가 문삼화, 박해성